AF808004

EL PRÍNCIPE ITALIANO

Susan Stephens

HARLEQUIN®

Editado por HARLEQUIN IBÉRICA, S.A.
Hermosilla, 21
28001 Madrid

EL PRÍNCIPE ITALIANO, Nº 1512 - 14.7.04
Título original: The Italian Prince's Proposal
Publicada originalmente por Mills & Boon®, Ltd., Londres.

I.S.B.N.: 84-671-1843-1
Depósito legal: B-24472-2004
Editor responsable: Luis Pugni
Diseño cubierta: María J. Velasco Juez
Composición: M.T., S.L.
Avda. Filipinas, 48. 28003 Madrid
Fotomecánica: PREIMPRESIÓN 2000
c/. Matilde Hernández, 34. 28019 Madrid
Impresión y encuadernación: LITOGRAFÍA ROSÉS, S.A.
c/. Energía, 11. 08850 Gavá (Barcelona)
Fecha impresion para Argentina:29.7.05
Distribuidor exclusivo para España: LOGISTA
Distribuidor para México: CODIPLYRSA
Distribuidores para Argentina: interior, BERTRAN, S.A.C. Vélez Sársfield, 1950. Cap. Fed./ Buenos Aires y Gran Buenos Aires, VACCARO SÁNCHEZ y Cía, S.A.
Distribuidor para Chile: DISTRIBUIDORA ALFA, S.A.

Capítulo 1

EL PRÍNCIPE Alessandro Bussoni de Ferara entrecerró los ojos pensativo mientras seguía mirando fijamente al escenario.

–Ella lo hará.

–Perdón, ¿cómo dice, señor?

No hubo emoción en aquella pregunta. El hombre sentado al lado del príncipe en la mesa presidencial en aquel lujoso baile de verano controló la expresión. Delgado y un poco pálido, para Marco Romagnoli habría sido muy difícil poner mala cara al futuro heredero de la corona.

–He dicho que ella lo hará –repitió el príncipe impaciente, girándose para poder mirar a su ayuda de cámara–. Has examinado todas las mujeres en edad casadera antes que yo; incluso hubo una vez que fracasaste al intentar tentarme con una. Me gusta el aspecto de esa chica...

Cuando volvió a mirar hacia el escenario, Alessandro supo que en ella había algo más aparte de aquel impresionante aspecto. Aquella chica poseía una energía increíble, una energía que sobresalía en aquel escenario y que le golpeaba directamente en el pecho.

Todo lo que le podía ofrecer era un estricto trato de negocios, pero... él sonrió sensualmente. Visto desde fuera, quizá no fuese tan mala idea mezclar negocios con placer.

–¿Está usted seguro, Alteza? –murmuró Marco Romagnoli, teniendo cuidado de no alarmar a sus compañeros de mesa.

–¿Crees que bromearía sobre algo tan serio como mi futura esposa? –susurró fuertemente Alessandro–. Parece divertida.

–¿Divertida, señor? –Marco Romagnoli siguió la mirada de su gobernante–. ¿Está hablando de la cantante del grupo de música?

–¿Le encuentras algo malo? –preguntó el príncipe mirándolo de forma desafiante.

–No, señor –contestó Marco con precaución–, pero si me permite hacerle una pregunta impertinente...

–Pregúntame –le animó Alessandro. La firmeza de su boca indicaba que todo aquello empezaba a divertirle, sobre todo al intuir lo que Marco estaba pensando.

–¿Qué hará ella exactamente, señor? Es demasiado...

–¿Atractiva? ¿Rubia? ¿Llamativa? ¿Qué? –dijo el príncipe acomodando sus piernas, parecía como si las tuviera entumecidas.

–Todo eso –sugirió Marco incómodo dirigiendo de nuevo la mirada hacia el escenario. Allí, Emily Weston estaba interpretando su tercer número musical y ya había conseguido que toda la concurrencia comiera de su mano–. Puedo ver que una mujer joven así puede conseguir cierta atracción para... –Marco Romagnoli se llevó la mano al cuello de la camisa, parecía que tenía dificultades para tragar.

–¡Vamos! Acaba con lo que tengas que decir –le incitó el príncipe cada vez más divertido.

Tomándose unos segundos para pensar cómo enfocar su punto de vista, el aristócrata respondió cuidadosamente.

–Bueno, señor, puedo ver que es muy guapa y muy adecuada para ciertas actividades, pero estoy seguro de que no estará pensando que...

–¿Te refieres a que debería acostarme con ella, no casarme con ella? –sugirió Alessandro secamente. Estaba mirando fijamente a Emily, que tenía el micrófono entre las manos mientras cantaba una balada muy sensual.

–No podría haberlo explicado mejor, señor. En mi opinión una relación así crearía más problemas y no resolvería ninguno.

–No estoy de acuerdo –apuntó el Príncipe de Ferara–, y nada de lo que me puedas decir me convencerá de que cualquiera de las chicas que buscaste para mí, harían su papel mejor que ésta; o al menos, sin causar problemas..

Hizo una pausa y siguió mirando hacia el escenario un rato.

–Como mi intención no es romper ningún corazón, Mario –continuó diciendo–, ésta es la solución perfecta. Quiero un compromiso claro, sin mentiras, una prometida lo antes posible.

–¿Lo antes posible, señor?

Alessandro se giró para poder contestarle.

–Lo sé –dijo él inclinándose para que nadie más pudiera oírle–. Estás pensando en todo lo que conlleva anunciar una cosa así, pero no espero menos de ti, mi viejo amigo.

Aquel hombre se quedó mirando con preocupación al Príncipe. Aunque desempeñase el papel profesional de consejero, Marco Romagnoli había conocido a Alessandro desde el día en que nació y era considerado como miembro honorable más de la familia real.

–No me gustaría ver a nadie aprovecharse de la situación, señor –dijo con preocupación.

–Me preocuparé personalmente de que ninguna de las partes implicadas en mi plan se aproveche de nada –le aseguró Alessandro–. Gracias a la legislación arcaica de nuestro país, no puedo pensar en una solución mejor para nuestro problema de sucesión. Si el deseo de mi padre es abdicar y retirarse, yo debo casarme inmediatamente. Creo que es obvio que esta joven tiene carácter. Cuando le ponga una proposición encima de la mesa, se dará cuenta de la cantidad de ventajas que una unión así nos puede proporcionar a ambos.

–Sí, señor –acordó Marco un poco reticente, mientras Emily comenzaba un número de música ranchera.

–Ya he visto suficiente, Marco –dijo el Príncipe, reclamando la atención de su acompañante–. Por favor, avisa a la joven de que Alessandro Bussoni desea hablar con ella después de su actuación, sin formalidades ni títulos –le avisó–. Si pregunta, simplemente dile que tengo una proposición que hacerle. Y no olvides preguntarle su nombre –añadió mientras Marco Romagnoli se ponía de pie.

Después del espectáculo, Emily Weston, la cantante del grupo, se enzarzó en una tensa discusión por teléfono con su hermana gemela Miranda.

–Bueno, ¿cómo tratas con ellos? –preguntó, mientras sujetaba el auricular con el hombro para así poder abrir un enorme bote de crema limpiadora.

–¿A quién te refieres? –exclamó Miranda entre estornudos.

–A los pesados.

Los síntomas del catarro de verano que tenía Miranda se disolvieron entre carcajadas.

–¿Los pesados?

–No finjas no saber de qué estoy hablando –insistió Emily lanzando otra mirada de preocupación hacia la puerta del camerino.

–No sabía que hubiera tantos pesados –dijo Miranda recelosa.

–Bueno, pues te puedo asegurar que los hay –volvió a insistir Emily–. ¿De qué otra forma llamarías a un caballero que se ha autoinvitado al camerino y que no acepta un no como respuesta?

–Depende de quién se trate, supongo –dijo Miranda volviendo a estornudar–. Simplemente, primero te fijas bien en él y luego decides.

–¡Ni hablar! Esto nunca formó parte de nuestro acuerdo.

–Si se parece a Herman Monster, mándalo a paseo, pero si se trata de un bombón, pídele el número de teléfono para luego dármelo; nunca se daría cuenta de la diferencia. Si ni siquiera nos pueden distinguir mamá y papá, ¿cómo lo iba a hacer un desconocido? ¿Qué puedes perder?

–Mira, me tengo que ir –dijo Emily muy seria–. Le dije al mensajero que no quiero ver a nadie que no conozco; bueno, pues no se da por vencido.

–¿Que ha mandado a alguien primero? –le interrumpió Miranda emocionada–. Parece interesante, quizá sea alguien importante.

–Lo dudo –comentó Emily mientras se miraba

en el espejo para quitarse las pestañas postizas–. Cuando le he dicho que no vería a nadie, el hombre ha murmurado algo sobre que el príncipe se iba a decepcionar.

–Emily, ¡eres tonta! –exclamó Miranda con la nariz taponada–. Discos el Príncipe es la compañía discográfica con la que mi banda está soñando firmar un contrato y ¡tú le has dicho que no!

–Puedo decirle a uno de los chicos que hable con él –sugirió Emily esperanzada–. Después de todo, La Banda de Miranda está compuesta por cinco chicos.

–¿Hablas en serio? –gritó Miranda–. Lo primero es que ahora estarán todos en el pub y, segundo: ¿piensas en serio que voy a dejarlos discutir sobre negocios sin estar yo delante?

–Me habrías ayudado si me hubieras avisado de que esto podría pasar –protestó Emily razonablemente–. Me tengo que ir –concluyó apresurada mientras alguien golpeaba en la puerta–. Sea quien sea, no parece que se dé por vencido.

Emily colgó el teléfono, terminó de limpiarse la cara con una toallita y se puso de pie.

–¡Ya voy! –dijo acercándose a la puerta.

Aquello había sido la mayor locura que había hecho en su vida, pensó Emily girando el picaporte.

–¿Hola? ¿Señorita Weston? ¿Está usted ahí? –dijo una voz con acento italiano.

Ella abrió la puerta finalmente.

–Pase, póngase cómodo mientras yo me cambio de ropa –le dijo y se dio la vuelta sin siquiera mirarlo a la cara.

–Gracias, señorita Weston –contestó la voz–. Por favor, tómese su tiempo, no quiero molestarla.

En aquella voz se notaba una autoridad que hizo que a Emily se le erizasen los pelos de la nuca.

–¿Puedo ayudarlo en algo? –dijo ella detrás del biombo.

–Eso espero.

La respuesta denotaba una confianza suprema.

Ella tomó aire e intentó ver a su interlocutor a través de un agujerito en el biombo, pero lo único que pudo ver fue una chaqueta negra de esmoquin y una bufanda blanca de seda enrollada en una figura muy alta. Se trataba de un hombre con el pelo engominado de forma inmaculada.

–Lo siento, señor...

–Bussoni –contestó.

–Señor Bussoni –empezó a decir Emily, aliviada por poder protegerse detrás del biombo–, siento no haber ofrecido al caballero que trabaja para usted un recibimiento más caluroso.

–¿De verdad? No me ha dicho nada.

–Tengo entendido que le gustaría discutir la posibilidad de firmar un contrato con la banda –dijo ella con cuidado.

Hubo una pausa, Emily se quedó sorprendida de no oír respuesta alguna.

–Usted trabaja para Discos Príncipe, ¿verdad? –preguntó ella con el tono más profesional que pudo.

–¿Cree que sería posible que saliera de ahí para poder discutir esto en persona?

Aquello era una sugerencia razonable, pero Emily se había quitado todo el maquillaje y su aspecto no tenía nada que ver con la apariencia y el estilo que solía tener Miranda.

–Sé que le puede parecer una grosería, después de haberse molestado en venir a verme a mi camerino, pero esta noche estoy especialmente cansada, ¿cree que podríamos hablar mañana? –dijo ella. Al día siguiente Miranda ya estaría mucho mejor y podría volver al trabajo.

–¿Mañana al mediodía, a las tres?

–Está bien –se oyó a sí misma decir–, pero no aquí.

–Donde usted diga.

A Emily se le ocurrieron varias posibilidades.

–¿Podríamos vernos en el norte de Londres? –sus padres habían insistido mucho a Miranda en que si no se recuperaba, al día siguiente tendría que ir a su casa a pasar unos días.

–No veo por qué no.

El hombre deslizó su mano bronceada hasta el bolsillo interior de su chaqueta para sacar su agenda y escribió, con su carísimo bolígrafo de oro, unas notas en una de las hojas. Miró a su alrededor y vio un traje de chaqueta negro muy elegante colgado de una percha; estaba seguro de que era un Armani. También le sorprendió ver un bolso de marca apoyado en una silla.

–¿Señor Bussoni? –él se giró para volver a mirar hacia el biombo–. ¿Sigue usted ahí? Entonces, ¿nos vemos mañana?

Alessandro notó satisfecho cierta ansiedad en su voz. Parecía que aquello era importante para ella.

–Sólo con una condición –apuntó él hablando como si fuera un alto ejecutivo de una compañía discográfica.

–Dígame.

–Que cene conmigo después de la reunión –Alessandro se sorprendió al notar un nudo de excitación mientras esperaba su respuesta–. Tendrá preguntas que hacerme y me temo que hay muchas cosas que tendremos que discutir –añadió satisfecho con el papel que estaba interpretando

Emily permaneció en silencio unos segundos. Miranda estaría mucho mejor al día siguiente y estaba segura que su hermana estaría encantada de cenar con él.

–Está bien –confirmó Emily–. Se lo haré saber al resto de los miembros de la banda.

–¡No! –casi gritó él–. Solamente necesito hablar con una persona y... la he elegido a usted, señorita Weston. ¿Sigue interesada en seguir con el asunto?

–Por supuesto que sigo interesada –volvió a confirmar ella.

–Estupendo. Aquí le dejo mi teléfono. Llámeme mañana a primera hora y deje a mi secretaria la dirección de nuestro encuentro.

–Muy bien.

–Hasta mañana, señorita Weston.

–Hasta mañana, señor Bussoni.

Ella contuvo la respiración mientras la puerta se abría y se volvía a cerrar. Aquel hombre podría ser un monstruo; no había podido verle la cara, pero su instinto femenino y su cuerpo le decían todo lo contrario. Se había quedado con la sensación de que una especie de gladiador romano increíblemente atractivo había concertado una cita sexual con ella para al día siguiente.

Una vez sola, necesitó unos minutos para recuperar el equilibrio. Era como si una poderosa fuerza acabara de abandonar su camerino.

Al día siguiente, Emily había cancelado todas sus citas de la semana y había llevado a su hermana hasta la casa de sus padres. Acababa de aparcar delante de la puerta.

–Este hombre es diferente a todos los demás.

Creo que sería un serio error si lo subestimaras, Miranda –dijo Emily intentando que su gemela viera la realidad.

–Realmente, te quedaste muy impresionada, ¿verdad? –contestó Miranda mirando a su hermana.

–Ni siquiera le vi la cara –dijo Emily a la defensiva –, y no cambies de tema. Estamos hablando de ti, no de mí.

Después de liderar aquella banda de música durante algunos años, un respetado profesor japonés de violín se había fijado en Miranda.

–Solamente necesito un contrato de un año –dijo convencida–. Luego quiero empezar mi carrera como violinista.

Emily frunció el ceño, quería ayudar a su hermana.

–¿Estás segura de que en Discos el Príncipe estarían dispuestos a eso? Ten cuidado, porque podrían demandarte si los dejas a mitad de contrato.

–No tendrían ningún problema en reemplazarme, los chicos son estupendos.

–Esto no me gusta nada –dijo Emily con franqueza–. No sé si vas a ganar algo con todo esto.

–Dinero, espero –contestó Miranda esperanzada.

–¿Tendrás tiempo suficiente como para cumplir un contrato con un hombre como el señor Bussoni y poder estudiar violín con un profesor tan estricto y metódico como el profesor Iwamoto?

–No será por mucho tiempo –insistió Miranda–. Podré hacerlo.

Antes de que Emily pudiera contestar, su hermana se bajó del coche.

–No seas tonta –dijo Emily cuando alcanzó a Miranda frente a la puerta principal–. Cuanto más éxito tenga la banda, más difícil te va a ser seguir adelante con tu plan –al ver la expresión de su gemela, Emily se calló y la abrazó–. Sé que te quieres comprar ese violín que vimos en Heidelberg.

–A veces pienso que todo no es más que un estúpido sueño...

–Bueno, no sé mucho sobre violines, pero sí sé lo dulce y emocionante que es el sonido que produces con ese viejo instrumento.

La puerta se abrió frente a ellas.

–¡Chicas! –dijo su madre al verlas.

Al entrar, se dieron cuenta del olor a bizcocho recién hecho que reinaba en la casa.

–Pareces cansada, Miranda –dijo su madre suavemente tomándola del brazo–. Lo que necesitas es mucha vitamina C, mucho reposo y una taza de té.

–¡Papá! La hora del té –gritó Emily.

Cuando el señor Weston apareció, abrazó a sus hijas. Luego entraron en la cocina.

Una vez allí, toda la familia empezó a discutir la situación.

–Para ti sería muy fácil, Emily –le dijo su madre, después de que Miranda les hubiera explicado que con el contrato discográfico ganaría suficiente dinero como para conseguir que su sueño de convertirse en violinista se cumpliera definitivamente–. Tú eres menos emocional que tu hermana y conseguirías un contrato mejor, con condiciones más ventajosas para Miranda. Podrías estar presente en las negociaciones.

Emily se quedó sorprendida ante aquel voto de confianza. No había ninguna duda de que ella sería capaz de conseguir un buen trato con Alessandro Bussoni, pero su preocupación principal radicaba en la forma en la que su corazón se sentía ante la idea de encontrarse con él en aquella pequeña casa.

–¿Estás segura de que estás de acuerdo con esto, Emily? ¿Emily?

La preocupación de su padre sacó a Emily de sus pensamientos.

–Por supuesto, papá. Dejádmelo a mí –insistió ella firmemente–. Puedo hacerme cargo del señor Bussoni...

–¡Es italiano! –exclamó su madre–. Qué emocionante, ¿Y cuándo dices que viene?

–Por lo que parece, ahora mismo –dijo su padre mirando por la ventana.

Capítulo 2

OH, NO! –soltó Miranda mirando con pánico a su hermana.

–Mamá, quédate arriba hasta que se haya ido –sugirió Emily–. Te avisaré cuando no haya peligro. Papá, actúa con normalidad.

–Sí, cariño –dijo su madre intercambiando miradas con su marido.

–No os preocupéis –dijo Emily–. No voy a acceder a nada sin el consentimiento de Miranda.

Antes de separarse, las hermanas se asomaron discretamente a través de las cortinas para poder ver a su visitante.

–¡Madre mía! –murmuró Emily viendo aquella figura alta y morena salir de un deportivo negro.

–Dijiste Herman Monster –la acusó Miranda.

–Dije que podría serlo, nunca le vi la cara –la corrigió Emily.

Alessandro dudó unos instantes y volvió a mirar el papel con la dirección que le había dado su secretaria.

No estaba acostumbrado a acudir a citas en domicilios particulares y en aquel momento se veía frente a una casa de clase media. Para alguien acostumbrado a moverse entre palacios, embajadas o suites presidenciales de hoteles de lujo, aquel modesto barrio era toda una novedad. Tampoco estaba acostumbrado a que alguien no aceptara sus condiciones directamente, pero a lo que definitivamente no estaba acostumbrado era a tener que negociar con alguien que se escondía detrás de unas cortinas.

Sonrió ligeramente divertido.

–Es guapísimo –murmuró Miranda–. ¡Madre mía!

–Ten cuidado, te va a ver –dijo Emily con prisa apartándola de la ventana.

–Y, ¿tu maquillaje? –exclamó Miranda.

–¿Qué pasa?

–Que no llevas nada puesto –dijo Miranda con preocupación.

–Bueno, no pasa nada –dijo Emily con firmeza–. Todo saldrá bien. No os preocupéis por mí.

–¿Seguro? –preguntó Miranda.

–Seguro –contestó ella esperando que nadie se diera cuenta de cómo le temblaban las manos.

–Id a arreglaros un poco –dijo el señor Weston amablemente–. Yo abriré la puerta y lo entretendré hasta que estéis listas.

–¡Eres un ángel! –le dijo Emily poniéndose de puntillas y dándole un beso en la mejilla.

Emily llevaba puestos unos vaqueros, una camiseta gris y unas sandalias marrones sin tacón. La larga melena negra la llevaba recogida de forma informal con un bonito pasador de carey.

Miranda, en cuanto llegó a su habitación, se las arregló para pintarse las pestañas, ponerse colorete y calzarse unos zapatos de plataforma.

Emily pensó que no habría duda. El señor Bussoni, en cuanto las viera, sabría que Miranda era la mujer que vio actuando.

–Tranquilidad, todo saldrá bien –se dijo Emily en voz baja.

–Entonces, ¿por qué estás temblando?

–¡Chicas! Tenéis visita.

–Ya bajamos, papá –dijo Emily esperando que en su voz se reflejara más seguridad de la que sentía.

Se encontró con una cara perfecta. Tenía el pelo espeso y negro, un poco más largo a como acostumbraban a llevarlo los hombres ingleses. Emily apartó la mirada para no parecer maleducada, aunque antes se fijó en unos labios indecentemente bien formados.

Alessandro vio a las dos hermanas frente a él, una detrás de la otra.

–¿Señorita Weston? –murmuró él.

Miranda extendió la mano rápidamente hacia él.

–Encantada de verlo, *signor* Bussoni –dijo ella suspirando de forma inaudible cuando él se llevó su mano a los labios.

–Igualmente –contestó con una voz tan cálida como los rayos del sol que habían bronceado su piel–. Pero, discúlpeme, es a la otra señorita Weston a quien he venido a ver.

–¿La otra señorita Weston? –preguntó Miranda desconcertada mirando hacia su hermana, que permanecía rígida, de pie, deseando que se la comiese la tierra.

–Sí –contestó Alessandro en tono divertido–. Usted fue la que me invitó –dijo mirando fijamente a Emily.

Aquella sorpresa dejó a ambas hermanas sin habla y, durante unos segundos, ninguna se movió ni dijo nada. Si sus propios padres eran incapaces de distinguirlas, ¿cómo lo había podido hacer el *signor* Bussoni? Emily suspiró aliviada cuando vio a su madre entrar en la habitación.

–Señor Bussoni, es un placer tenerlo con nosotros.

–El placer es mío, se lo aseguro –contestó Alessandro haciendo una leve reverencia con la cabeza de forma elegante y respetuosa hacia la señora Weston.

–Ya veo que ha conocido a mis hijas –comentó mirándolas–. ¿Ha oído tocar ya a Miranda? –preguntó sin poder contenerse–. El violín –le explicó cuando lo vio confuso–. Con su interpretación del concierto de Brahms ganó un concurso.

–¿El violín? –exclamó de forma educada. En su mente empezaron a agolparse una oleada de pensamientos. Volvió a mirar a la chica a la que su madre había llamado Miranda. Aquella ropa provocativa y el maquillaje tan extravagante que llevaba puesto en la cara, le hacían parecer una chica del mundo del espectáculo, aunque aparentemente era una virtuosa del violín. Entonces, su mirada se fijó en la fresca belleza que había ido a ver, un ángel de mejillas sonrosadas y con unos ojos verde jade increíbles. ¿Dónde diablos se estaba metiendo? No podía dejar de mirarla, pero las protestas de la otra hermana lo distrajeron.

–¡Mamá! Por favor –dijo Miranda mirando a Emily para que la ayudara–. El *signor* Bussoni no quiere escucharme ahora. Emily, di algo.

–Emily –murmuró Alessandro.

–Emily le contará todo acerca del maravilloso talento que tiene Miranda, señor Bussoni.

–¡Mamá! –interrumpió Emily suavemente–. Me imagino que el señor Bussoni no tiene mucho tiempo. Ha venido hasta aquí para hablar de un contrato discográfico con La Banda de Miranda; estoy segura de que habrá otras ocasiones para que pueda escucharla tocar el violín.

–¡Oh!... –la señora Weston dudó unos instantes, mirando alternativamente a sus hijas.

–Pero fue a ti a quien escuché cantando anoche –dijo él muy seguro de sí mismo mirando fijamente a Emily.

–Emily me sustituyó porque yo me resfrié y perdí la voz –confesó Miranda–. Nunca nadie nos había distinguido.

–Ya veo –dijo Alessandro asintiendo con la cabeza mientras estudiaba la cara de Emily. La habría distinguido en cualquier parte, incluso si hubiera tenido cinco hermanas idénticas a ella frente a él.

Emily hizo esfuerzos por aguantarle la mirada, pero aquel hombre la estaba desequilibrando de una forma extraña.

–Para mí cantar es solamente un hobby –empezó a explicarle–. Miranda es toda una profesional.

–Posiblemente –murmuró Alessandro. La forma en la que cantaba Emily no le podía importar menos.

Siguió mirándola fijamente, llenando sus ojos y su cabeza con la cara y el cuerpo de una mujer que deseaba como no había deseado a ninguna otra. Emily Weston era todo lo que quería... todo lo que necesitaba para poner su plan en funcionamiento. Solamente apartó la mirada de ella cuando sonó el teléfono.

–Yo contestaré –se oyó que decía el padre de Emily.

–¿Quiere sentarse, señor Bussoni? –dijo la señora Weston un tanto incómoda–. Miranda, por favor, tráenos la bandeja con el té.

–¿No os importa si yo...? –exclamó Miranda pasándose la mano por la frente.

–Todavía tienes mucha fiebre, deberías irte a la cama –observó Emily tomando a su hermana por el brazo–. Nunca te pondrás buena si no descansas. La acompañaré hasta su cuarto –dijo girándose hacia su madre–. Si me disculpa, señor Bussoni –añadió mirando a Alessandro–. Ahora mismo bajo y sirvo el té –prometió mientras salía con su hermana del salón.

–No hace falta.

La voz de Alessandro paralizó a Emily.

–No irá a... –empezó a decir ella rápidamente–. Bueno, aún no hemos discutido nada sobre el contrato.

–Emily –murmuró Miranda débilmente–, creo que debería...

–Por supuesto –contestó Emily, rodeando la cintura de su hermana con el brazo–. Te voy a meter en la cama.

–¿Puedo ayudar? –se ofreció Alessandro.

–No es necesario, gracias –dijo Emily dándose prisa con Miranda.

–Emily tiene razón, señor Bussoni –murmuró Miranda desfallecida–. Me encontraré mucho mejor después de haber descansado un rato. Tengo total confianza en mi hermana, cualquier cosa que quiera proponerme, puede proponérselo a mi hermana.

Alessandro asintió ligeramente con la cabeza.

–Tengo la sensación de que su hermana va a encontrar mi propuesta irresistible, señorita Weston.

–Se lo agradezco, señor Bussoni –contestó Miranda mientras se alejaba.

También es muy guapa, pensó Alessandro desapasionadamente. Era como una copia de su hermana Emily, pero él no sentía ninguna atracción por ella. Ninguna en absoluto.

–Lo arreglarás todo, ¿verdad, Emily? –preguntó Miranda preocupada mientras subían las escaleras.

–¿Cuándo te he fallado?

–Nunca –contestó Miranda suavemente girándose para darle un beso a su hermana.

Cuando Emily regresó al salón, se encontró a Alessandro sentado confortablemente en el sofá charlando animadamente con su madre; pero en el momento en que entró en la habitación, él se giró bruscamente hacia ella.

–¿Tú te ocupas de todos los asuntos de tu hermana?

–Bueno, no del todo –contestó prudentemente.

–¿De los contratos solamente? –insistió él un tanto divertido.

A Emily le dio un vuelco el corazón. Se sentía como un pajarito dentro de una jaula.

–No estamos aquí para hablar de mí, señor Bussoni...

–Por favor, llámame Alessandro –dijo él.

El cuerpo de Emily vibró ante aquel reto masculino.

–Estoy segura que está usted muy ocupado, señor Bussoni –dijo ella intentando parecer profesional e intentando controlarse el corazón dentro del pecho–. Estamos aquí para discutir sobre el contrato de Miranda.

Correcto –afirmó él.

Su voz se apoderó de los sentidos de Emily. ¿Cómo era posible que una simple voz tuviera aquel efecto?

–Creo que nosotros tenemos muchas cosas que discutir, señorita Weston, mucho más de lo que yo había previsto en un principio. Enviaré un coche para que la venga a buscar a las ocho esta noche –dijo poniéndose de pie.

–Pero se quedará a tomar el té, ¿verdad, señor Bussoni?

–No –Emily prácticamente gritó a su madre–. Lo siento, pero el señor Bussoni debe de tener otros compromisos –dijo esperando que la desesperación no se reflejase en sus palabras–. Suficiente es que esta noche pueda hacer un hueco en su tiempo para poder hablar sobre el futuro de Miranda, mamá.

–Hasta esta noche, señorita Weston.

–Señor Bussoni... –contestó ella con la misma formalidad.

–Alessandro –apuntó él rápidamente.

Emily notó que su mirada le recorría el cuerpo y sintió una sensación deliciosa, pero pronto se puso en guardia. Él se acercó, la tomó la mano y se la acercó a los labios. El contactó fue muy tenue, pero suficiente para que ella sintiera una corriente eléctrica por las venas.

Lo acompañó hasta la puerta y se lo quedó mirando hasta que se metió en el coche.

¿Sería algo físico?, se preguntó Emily mientras veía una figura inconfundible emerger de la entrada principal de aquel hotel en el preciso momento en que la limusina en la que iba aparcaba delante de la fachada del edificio.

Nada sobre Alessandro Bussoni podría sorprenderla, pensó Emily mientras él saludaba al conductor que había ido a recogerla y que, en aquel momento, estaba abriendo la puerta del coche. Se notó la boca seca.

–Bienvenida, señorita Weston –dijo él alargándole una mano para ayudarla a salir de la limusina.

Ella sintió una sensación de pánico cuando aquellos dedos tocaron su piel.

–Por favor, llámeme Emily –consiguió decir ella.

Un calor se extendió por su brazo hasta su cerebro. Emily pensó que debería haberse puesto un traje protector antihombres.

–Debo disculparme por no haber ido yo mismo a recogerte en persona –dijo Alessandro, dejándola pasar primero al vestíbulo del hotel–, pero había asuntos de Estado que estaba forzado a atender inmediatamente.

–¿Asuntos de Estado? –repitió Emily con curiosidad, pero era difícil concentrarse en la conversación teniéndolo tan cerca.

Emily vio un grupo de periodistas con cámaras y micrófonos revoloteando por el vestíbulo y pensó que habría alguna celebridad hospedada en el hotel, pero pronto se dio cuenta de que aquella gente los estaba siguiendo a ellos; entonces sonrió confusa.

–Debe de ser una noche tranquila para ellos –sugirió ella.

–¿Qué? ¡Ah!, los periodistas –dijo él como si se acabara de darse cuenta de su presencia–. Lo siento, me he acostumbrado tanto a ellos que ya ni los veo.

Emily dio por sentado que en todos los grandes hoteles habría un grupo de periodistas a la espera de fotografiar distintas celebridades.

–Supongo que tendrán que entretenerse hasta que encuentren a alguien importante.

–¿Importante? –exclamó él girándose para mirarla.

–Sí, grandes personalidades, gente del espectáculo, esa clase de cosas.

Él presionó los labios y sonrió de forma irónica, sus ojos brillaban divertidos.

–Sí, supongo que tienes razón, nunca lo había pensado. Deben de aburrirse tremendamente.

Pero no solamente eran los fotógrafos; Emily se dio cuenta de que todo el mundo miraba a Alessandro mientras cruzaban el vestíbulo de la recepción del hotel.

No le extrañaba: aquel hombre era impresionantemente guapo. Llevaba puesto un traje que le quedaba impecable, la camisa azul claro le favorecía enormemente y contrastaba con su piel bronceada. Ella suspiró y se dijo que aquello era una cita de negocios, no una privada.

Se introdujeron en un ascensor, lujoso y lleno de espejos. Él marcó una combinación de varios números en un panel y las pesadas puertas se cerraron. Ella dedujo que solamente clientes exclusivos tendrían acceso a aquel servicio.

–Todavía no me has contestado a mi pregunta –dijo de repente ella.

–Me he tomado la libertad de pedir una cena ligera para luego.

Alessandro supo que tendría que lidiar la situación con mucho cuidado. No podía permitir que aquello se le escapara de las manos. Solamente tendría que conseguir que Emily firmara el contrato que le habían hecho sus abogados, pero aquella mujer tenía un extraño efecto en él.

–Así nos concentraremos mejor en lo nuestro –añadió Alessandro.

–Antes has dicho algo sobre asuntos de Estado –volvió a insistir Emily–. ¿Qué es esto?

En el momento en que Emily tomó la muñeca de Alessandro, ella supo que había cometido un grave error. ¿Qué demonios hacía ella asaltando a un hombre desconocido en un ascensor, señalando el enorme anillo de oro que llevaba en el dedo? Y ¿por qué él estaba permitiendo que ella siguiera agarrándolo? Ella pestañeó, se recompuso y retiró la mano rápidamente.

–Es el escudo de mi familia –contestó él–. ¿Satisface eso tu curiosidad? –hizo una pausa–. Ya hemos llegado, éste es nuestro piso –dijo cuando el ascensor se detuvo.

Ella se dio cuenta de que ocultaba algo, pero

era difícil averiguar de qué se trataba, sobre todo cuando la atención de Emily estaba concentrada en oler el perfume de Alessandro, una fragancia afrutada de lo más sugerente.

Las puertas del ascensor se abrieron y él hizo un gesto para que ella saliera primero. No entendía por qué, pero se sentía decepcionada. ¿Quizá porque él no la había atrapado en la intimidad de aquel ascensor, parando la maquinaria entre pisos durante un largo rato mientras...?

–Emily, ¿me has oído?

Ella volvió en sí para darse cuenta de que se habían introducido en una suite enorme.

–Lo siento.

–Digo que si quieres una copa de champán.

–¡Oh! No, gracias. Un zumo de naranja será suficiente mientras hablamos de negocios.

–Y luego, querrás champán.

–Yo no he dicho eso... Alessandro –contestó ella–. Cuando terminemos con los negocios me iré a casa.

–Lo que quieras –acordó eventualmente–. No pretendo enredarme con abogados en mi tiempo libre.

Ella se sintió decepcionada por segunda vez. Debería de estar bajo los efectos de la anestesia para no darse cuenta de que Alessandro Bussoni era un hombre increíblemente atractivo y deseable. Emily se dijo a sí misma firmemente que era hora de apretarse el cinturón de castidad y de concentrarse en los negocios.

Se dio cuenta de lo tensa que estaba cuando él se dio la vuelta para servir los zumos de naranja. Tendría que mantener la cabeza fría; después de todo, sólo se trataba de negocios.

Capítulo 3

EMILY dejó el bolso sobre una cómoda que tenía la parte superior de mármol y respiró profundamente mientras miraba a su alrededor.

La habitación de aquel hotel estaba decorada de forma suntuosa en estilo inglés basándose en una sinfonía de sedas, cachemiras y damascos. Las dimensiones de aquella suite eran enormes; de hecho, Emily pensó que la totalidad de la casa de sus padres podría entrar en aquel salón donde estaban conversando.

–No es muy acogedor, ¿verdad?

Ella dio un respingo al escucharlo, aunque había sido poco más que un susurro.

–¿Perdón? –dijo ella dándose la vuelta hacia él.

–La habitación –explicó Alessandro mirándola a los ojos mientras le ofrecía el zumo.

–Es muy...

–¿Sí? –preguntó él dándose cuenta de cómo ella había evitado el contacto con él cuando había agarrado el vaso.

–Bueno –Emily estaba buscando las palabras correctas, no quería ofenderlo–. Se ha puesto mucho empeño en...

–¿En condensar demasiadas cosas en una sola habitación para impresionar al turista? –concluyó él por ella, mirándola divertido por encima de su vaso mientras bebía.

–Bueno, sí –dijo ella sonriendo–. ¿Cómo lo has adivinado? Opino exactamente eso –los nervios estaban convirtiendo sus músculos faciales en algo impredecible y no paraba de sonreírle.

–Por qué no hablamos en algún sitio más... cómodo –sugirió Alessandro–. No te alarmes, mi dormitorio podría definirse de cualquier forma menos cómodo; mi despacho es mucho más acogedor.

–Está bien –dijo ella mientras Alessandro sacaba unos documentos de una cartera, aunque ella sólo se fijaba en lo morenas que tenía las manos.

–¿Otra vez en las nubes?

–¿Disculpa?

–Te estoy diciendo que si me acompañas hasta mi despacho para poder empezar con nuestra reunión.

Su tono de voz era divertido y tolerante. Emily carraspeó e intentó controlarse. Tomó el bolso y lo siguió hasta una habitación pequeña, demasiado pequeña.

–Interesante –murmuró ella.

–¿Por qué no te sientas aquí? –dijo él señalando un sillón de cuero que estaba frente a un escritorio de caoba.

Ella vio cómo Alessandro se sentaba frente a ella. Parecía un tigre hambriento.

–¿Quieres empezar? – invitó él.

Entrelazando las manos, Emily intentó concentrar su mente en el asunto.

–Bueno, como ya sabes, estoy aquí para asegurar que la banda de mi hermana consiga un buen contrato.

–Fundamentalmente por tu hermana.

–Bueno, por supuesto, pero...

–Según lo que me ha contado tu madre, Miranda necesita el dinero para terminar sus estudios como violinista y para comprarse un violín muy especial, ¿verdad?

–En líneas generales, sí.

–¿Qué más dirías que necesita? Quiero saber de qué estamos hablando.

–Bueno, cuando veas al grupo tocar lo sabrás. Son magníficos...

–¿Sin ti? –la cortó bruscamente–. ¿Qué te parece si firmamos contigo como cantante?

–Me temo que mis obligaciones en el trabajo me lo impedirían...

–Por supuesto –volvió a interrumpirla–. Luego hablaremos de eso, pero, de momento, pensemos que el contrato es para tu hermana. ¿Cómo pretende ella compaginar las obligaciones con la compañía discográfica y sus clases de violín?

–Estoy aquí para asegurar que cualquier contrato que ella firme le permitirá hacer ambas cosas, al menos por un año.

–Entonces, ¿dejaría la banda? –sugirió él interesado.

–Ella cumplirá todo lo que ponga el contrato –insistió Emily con firmeza–. Yo lo aseguro por ella.

–Y, ¿sacará suficiente tiempo para convertirse al mismo tiempo en una solista internacional de violín de primera fila? Lo dudo –dijo él mirándola de manera escéptica.

–Claramente no tienes experiencia de lo que significa luchar por conseguir algo –dijo Emily defendiendo a su hermana.

–Quizá tengas razón.

–Muchos artistas se ven forzados a conseguir diferentes trabajos para pagarse la universidad –continuó de forma apasionada, casi sin darse cuenta de que Alessandro asentía con la cabeza.

No solamente músicos y artistas...

Pero Emily estaba tan obcecada en su idea que no escuchó su comentario.

–Asumes directamente cosas sin tener ninguna prueba... –continuó ella diciendo apasionadamente.

–No me estás escuchando –le contestó Alessandro eventualmente–. No puedes saber lo que pienso si no me escuchas.

–¡Pero si ya has decidido que ella no va a ser capaz de hacer ambas cosas! –dijo ella sintiéndose tan nerviosa como cuando hacía exámenes orales en la facultad–. Miranda ahora mismo no se encuentra bien, pero en cuanto se mejore cumplirá con todo lo que ponga en el contrato.

–Si tú lo dices...

–Sí, yo lo digo –dijo Emily vehementemente.

–Estoy seguro de que tienes razón –convino Alessandro tranquilamente–. Pero, ¿por qué diablos elige un grupo de música como camino para ganar dinero? ¿Por qué no busca otro trabajo?

Emily sacudió la cabeza.

–Porque Miranda es músico, Alessandro. Eso es lo que ella es.

–¿Una cantante?

–¿Qué tiene eso de malo?

Él se encogió de hombros.

–Miranda se gana la vida honestamente –continuó ella a la defensiva–. ¿Sería mejor que se diera por vencida, que renegara a todas sus ambiciones, simplemente para satisfacer los prejuicios de algunos individuos?

Alessandro se lo estaba pasando muy bien y levantó las manos justo en el momento en que alguien llamó a la puerta.

–Discúlpame, Emily, será sólo un momento.

Cuando Alessandro se fue, Emily respiró hondo. Nadie antes le había hecho perder su temperamento así. Abrió su bolso en busca de un pañuelo.

–Ven, Emily –dijo él desde la puerta–. La cena ha llegado.

–Creo que será mejor que me vaya –dijo hurgando en el bolso en busca de sus llaves.

–Después de cenar –insistió Alessandro tomándola de la mano.

Emily alzó los ojos para mirarlo fijamente.

–Vamos –repitió él suavemente.

Aquello era muy tentador. Quizá la cena la relajaría. Estaba allí por Miranda y todavía no habían terminado de hablar sobre el contrato. Cenar era un acto civilizado, muchos tratos importantes se habían cerrado en comidas, cenas y desayunos. De hecho, ella lo había hecho en numerosas ocasiones.

Cuando ella pasó al gran salón en el que habían estado antes, se quedó boquiabierta.

–Cuando dijiste una cena, me imaginé... –Emily estaba atónita frente a aquel despliegue.

–¿No tienes hambre? –preguntó Alessandro . Yo tengo muchísima.

Ella intentó no alterarse viendo cómo él se comía una fresa bañada en chocolate; parecía que le estaba haciendo el amor a la fruta.

–Puedes comer todo lo que quieras mientras seguimos hablando –añadió él sonriendo.

Ella sintió que se despertaban todos sus sentidos. No podía hacer otra cosa más que mirarlo.

–¿Una fresa? –le ofreció Alessandro de forma inocente.

–Gracias, ya me sirvo yo –consiguió decir ella al fin.

–Te noto tensa; relájate, Emily.

–Estoy perfectamente relajada, gracias –contestó Emily mirando aquellos labios increíblemente bien esculpidos, aquella mandíbula cuadrada... sin mencionar aquel pecho que se escondía bajo aquella chaqueta.

Ella, absorta en sus pensamientos, empezó a servirse y, sin darse cuenta, se puso una montaña de comida y, sobre ella, una cucharada de ensalada de col.

–No creo que esa mezcla esté muy rica –dijo él mientras la observaba.

–No veo por qué no –contestó ella diciéndose a sí misma que se tenía que concentrar.

Cuando llegó el momento del postre, Alessandro le preguntó si le gustaba el chocolate.

–Me encanta, ¿por qué? –dijo ella con recelo.

Alessandro se encogió de hombros mientras destapaba un plato lleno de profiteroles. Sirvió algunos en un plato, los roció de salsa de chocolate, les puso nata por encima y se los ofreció a Emily.

–¿Qué se dice? –bromeó divertido.

–Muchas gracias –contestó ella sonriendo.

–En Ferara celebramos el festival del chocolate todos los años; se reparten toneladas de chocolate gratis por toda la ciudad. Hasta tenemos un museo del chocolate. Tienes que venir a verlo. Imagínate, Emily, miles de kilos de delicioso chocolate transformados en obras de arte y cientos de artistas de todo el mundo compitiendo por obtener el premio al mejor diseño –le explicó mientras se disponía a servir el café con una elegante cafetera de plata. Se detuvo y la miró directamente a los ojos–. ¿Cómo lo quieres?

–Sin leche ni azúcar –dijo ella convencida de que él estaba intentando provocarla: chocolate, festivales...

Terminaron de cenar y volvieron al despacho. Él apagó algunas luces y puso un CD en el equipo de música.

Emily sonrió. Brahms. Le sorprendió que se acordara de lo que le había dicho su madre sobre el concurso de Miranda.

Alessandro sirvió dos copas de champán. Le ofreció una a Emily y se sentó en el sofá.

–¿Te importa si me quito la chaqueta? –dijo él desabrochándose algunos botones de la camisa.

–En absoluto –contestó ella viendo cómo él se quitaba la chaqueta y los gemelos. Después, se remangó las mangas de la camisa hasta los codos, dejando al descubierto unos musculosos antebrazos.

–Entonces, Emily –la desafió mirándola fijamente–, ¿aún crees que soy uno de esos individuos con prejuicios a los que antes te referías? Pues deja que te diga una cosa: no me importa nada lo que haga la gente siempre y cuando no le haga daño a los demás. Pero sí me importan los motivos, lo que a la gente le hace palpitar. Y a ti, ¿qué te hace palpitar, Emily?

Intentando poner su cerebro en movimiento, Emily solamente fue capaz de balbucir algunos sonidos.

–Abogada por el día –continuó él suavemente–, cantante en un bar por la noche. No hay nada de malo en eso, si eres capaz de aguantar el ritmo. Sobre todo si estabas ayudando a tu hermana. Pero lo que no ha estado bien ha sido que quisieras engañarme, ¿por qué, Emily?

–Admito que las cosas se me fueron de las manos.

–¿Realmente pensabas que no iba a tener en cuenta lo que ha pasado? –preguntó él en un tono más serio–. ¿Qué tipo de idiota te has pensado que soy?

El rostro de Emily se puso malva mientras intentaba disculparse.

–No sabía que tú eras... lo siento mucho. No pensé que...

Alessandro hizo un gesto para que se callara.

–Lo que ha pasado, ha pasado. Además, tú no eres la única que ha ocultado toda la verdad.

–¿Qué quieres decir?

–Primero, enfoquémonos en tu plan.

–¿Mi plan?

–Tu plan de pretender que tu hermana cumpla con todo lo que antes hemos hablando.

–¿La vas a ayudar o no?

–Sin mi ayuda tu hermana nunca podría tocar el instrumento que parece que lleva en el corazón.

–¿Qué quieres decir? –preguntó Emily impaciente.

Alessandro ladeó la cabeza ligeramente sin dejar de mirarla.

–Quieres ayudar a tu hermana, ¿verdad? Quieres que toque ese instrumento que vio en aquella tienda en Heidelberg, ¿no es cierto?

Emily podía sentir que la sangre se le retiraba de la cabeza.

–¿Cómo sabes todo eso? –preguntó casi susurrando.

–Mi negocio depende de saber absolutamente todo antes de embarcarme en negociaciones –dijo tranquilamente–. Nunca dejo nada sin atar.

–¿Por qué has dicho que mi hermana nunca podría tocar ese instrumento?

–Sin mi ayuda –le recordó él.

–No lo entiendo –dijo poniéndose de pie.

–Por favor, siéntate, Emily.

–Creo que me debes antes una explicación.

–El instrumento que quiere tu hermana es una pieza de museo con un precio altísimo. Fue expuesto por uno de los mejores instrumentistas...

–¿Fue expuesto? –preguntó Emily–. ¿Por qué hablas en pasado?

–Porque ya no lo está –contestó él sencillamente.

–¿Quieres decir que ha vuelto a un museo?

–No exactamente.

–¿Entonces? –exclamó inquieta.

Alessandro no dijo nada, se limitó a mirar a un punto por encima del hombro derecho de Emily.

Despacio, Emily se dio la vuelta, sus ojos se abrieron de par en par cuando vieron lo que tenían delante. Encima de una bonita silla descansaba un estuche de cuero abierto y, a su lado, sobre dos cojines color crema, se podía ver un precioso violín.

–¡No me lo puedo creer! –dijo ella atónita mientras se dejaba caer, sentándose en el sillón.

Su corazón latía incontrolado, tuvo que volverse a girar para echarle otro vistazo, simplemente para asegurarse de que no estaba soñando.

–Pero si me has dicho que era una pieza de museo, además, carísima. No lo entiendo.

–Todo tiene un precio, Emily –comentó Alessandro fríamente.

Él estaba esperando a algo, pero ¿a qué? ¿A que ella dijera algo? Pero, ¿cómo iba a hacerlo si su cerebro había dejado de funcionar, si su cuerpo estaba poseído por una fuerza incontrolable?

–¿Lo has comprado? –preguntó ella finalmente.

–Lo he comprado –confirmó Alessandro.

–¿Pero por qué diablos...?

–Porque era una oportunidad.

–¿Una oportunidad? –exclamó Emily incrédula–. ¿De qué estás hablando?

Emily se restregaba las manos.

–Creo que tu hermana debería concentrarse en sus estudios de violín sin las distracciones que supone trabajar con su grupo.

–Bueno, por supuesto –acordó Emily–. Pero, ¿cómo iba...?

Un gesto de Alessandro hizo que ella se detuviera.

–Deja que termine, por favor. Además, lo mejor sería que pudiera utilizar este violín en sus clases.

–¿Antes o después de que le tocase la lotería? –preguntó Emily.

–¿Qué te parecería si te dijera que estoy preparado para prestarle el violín a Miranda... de forma permanente?

Se hizo un silencio hasta que él volvió a hablar.

–Bueno, Emily, ¿qué dices?

–¿Qué tendría ella que hacer? –preguntó Emily con desconfianza.

–¿Tu hermana? Nada en absoluto –Alessandro apretó la boca mientras esperaba que el cerebro de Emily procesara la sorpresa.

Los ojos de ella se entrecerraron aprensivos.

–Entonces, ¿qué tendría yo que hacer?

Una ligera sonrisa curvó los labios de Alessandro. Era lista, pero también vulnerable.

Él se puso de pie y cruzó la habitación. Necesitaba unos segundos para pensar. Abrió el armario donde tenía guardadas unas flores, un espectacular ramo que había encargado para cerrar su oferta. Cuando fue a tomarlo, se dio cuenta de que le temblaban las manos. Se detuvo un segundo para considerar lo que debía hacer. Podía olvidarse de todo o continuar con aquella locura...

Se giró en dirección a Emily con aquel exótico ramo en la mano. Había verdadera esperanza en sus ojos y ternura en sus labios.

–Lo siento, Emily. Quería haberte dado esto antes.

Ella se quedó callada. Alessandro pensó que si ella aceptaba, él sería el hombre más afortunado de Ferara... ¡del mundo entero!

–¿Por qué? –preguntó Emily, agradecida por poder esconder su ruborizada cara unos segundos entre aquellas flores–. Nunca he visto un ramo tan fabuloso –admitió ella.

–Por acceder a convertirte en mi esposa –dijo Alessandro suavemente.

Durante unos diez segundos, dio la sensación de que ninguno de los dos respiraba, pero luego Emily susurró algo.

–¿Estás loco?

Alessandro sonrió y pensó que quizá ella tenía razón, pero treinta años de orgullo acumulado sugerían que ninguna mujer en su sano juicio podría rechazar la oportunidad de convertirse en la Princesa de Ferara.

–No, que yo sepa –contestó fríamente.

–Pues yo creo que debes estarlo.

–Te dije que tenía una proposición que hacerte, nunca lo he ocultado.

–Dijiste un contrato discográfico... para mi hermana –dijo apartando el ramo de flores.

–Yo no tengo nada que ver con ninguna empresa discográfica.

–¿Qué?

–Tú asumiste directamente que yo era un ejecutivo y... permití que te lo creyeras.

–Ya veo –contestó Emily teniendo dificultades para respirar–. Y, ¿ahora qué?

–Tengo algo que tú quieres y tú tienes algo que yo quiero, creo que es hora de cerrar un trato.

Emily sintió cómo si le hubieran hecho una transfusión de hielo. Tenía veintiocho años y estaba soltera, y cuando su príncipe azul apareciese, quería algo más que un trato para sellar su unión; quería amor, pasión, ternura y un compromiso de por vida, no un arreglo cínico por conveniencia.

–Entonces, ¿quién demonios eres?

–El príncipe Alessandro Bussoni de Ferara –contestó él.

Ella tomó el ramo y se lo tiró a los brazos.

–¡Toma tus malditas flores! Puede que mi hermana se encuentre en una posición vulnerable en estos momentos, pero deja que te diga una cosa, Alessandro: yo, no.

–Tú hermana ha sido la responsable de su situación.

–¿Cómo te atreves a juzgarla? –soltó Emily enfadada y poniéndose de pie–. No tienes ni remota idea de lo duro que trabaja.

Alessandro se quedó un poco parado; nadie, absolutamente nadie, le había hablado en su vida de aquella manera tan furiosa.

Él se fijó en su pelo negro, en su cara llena de vida y pasión. Era inteligente y tenía determinación. De pronto, sintió desesperadamente que quería convertir aquella pasión en algo que a ambos les pudiera producir más placer que discutir sobre su hermana.

¿Estaba enamorándose? ¿Podría ser aquello posible o ya estaba enamorado? Lo único que quería era abrazarla y besarla con pasión.

–Si me disculpas, voy a llamar al chofer para

que venga a por ti –dijo él calmado, sin dejar asomar sus sentimientos–. Veo que ahora estás muy enfadada. Discutiremos esto mañana, cuando estés más calmada.

–¡No pierdas tu tiempo! –gritó Emily a la defensiva.

–Con tu permiso –dijo Alessandro agachándose para recoger el ramo de flores del suelo–. Haré que le manden esto a tu madre.

–Haz lo que diablos quieras con las flores.

Mientras volvía a casa en la limusina, Emily pensaba que Miranda nunca podría desarrollar todo su potencial sin ayuda económica, pero también pensaba que la solución no estaba en casarse con un extraño.

Frunció el ceño pensando en la prepotencia de la propuesta de Alessandro. Tenía que reconocer que, si controlaba la situación desde el principio, podría asegurar el futuro de Miranda. Pero, en aquel momento, la bola estaba en el campo de Alessandro. Si hablaba en serio, se pondría en contacto con ella de nuevo con una proposición en firme. Un escalofrío recorrió el cuerpo de Emily pensando en aquel momento.

Capítulo 4

LA FAMILIA de Emily se había sentado apiñada en un solo sofá frente a ella. Sus expresiones estaban teñidas de incredulidad.

–Entonces, todos iremos en el jet privado de Alessandro a Ferara para la boda –concluyó Emily con calma.

Fue su madre la primera en recobrarse de la sorpresa. Primero miró el enorme ramo de flores que le había traído su hija y que había colocado junto a la ventana; luego se giró para mirar a Emily.

–¿Estás completamente segura?

–Completamente, mamá.

–No –dijo Miranda con decisión–. No puedo permitir que hagas esto por mí.

Miranda tenía entre los brazos el precioso violín de sus sueños y Emily se sentía como si aquel viejo instrumento hubiera regresado por fin a su hogar.

–Créeme, sí puedes hacerlo –contestó firmemente, luego miró a su padre–. ¿Papá? ¿No te gustaría decir nada?

Su padre carraspeó mientras se pasaba una mano por la frente.

–Nunca he entendido de romances. Lo único que sé es que tu madre era perfecta para mí y por eso le pedí que se casara conmigo. Ella aceptó y eso fue todo.

–No puedes aprobar esto, papá –exclamó Miranda mirando de reojo el violín–. Emily no conoce de nada a ese Alessandro Bussoni.

–Bueno, yo tampoco conocía muy bien a tu padre –apuntó la madre–. Además, Alessandro es un príncipe.

Miranda suspiró y miró hacia arriba, mientras su padre se ponía de pie.

–Tengo muchas cosas que hacer si queremos ir a esa excursión la semana que viene.

–¿Excursión? –soltó Miranda mientras veía a su padre salir del salon a toda prisa–. ¿Es que papá no se da cuenta de lo serio que es todo esto?

–Alessandro me ha ofrecido un contrato blindado –explicó Emily con calma–. Lo he leído muy detenidamente.

–¿Tu crees que pagará por todo lo que Miranda necesite?

Miranda miró atónita a su madre.

–¡Mamá! ¿De verdad hablas en serio? Emily puso una mano sobre el brazo de su hermana.

–Por supuesto, mamá, incluido el violín.

–¿Y la única manera de que el padre de Alessandro abdique es si Alessandro se casa contigo?

–Exactamente, mamá. ¿Te das cuenta? Nos necesitamos mutuamente.

Emily se acordó de la llamada telefónica que había recibido casi en el momento en que había regresado a su apartamento, después de la cita en el hotel. La táctica principal para convencerla había sido una suma considerable de dinero, una generosidad por encima de cualquier pronostico, pero nada más. Alessandro no había mostrado ni una gota de sensibilidad o de entusiasmo. Había redactado una lista de compromisos que él garantizaba cumplir a cambio de su mano.

–Y todo lo que tienes que hacer es casarte con un extraño –estaba diciendo su hermana agitadamente.

–No seas así –contestó Emily suavemente e intentando concentrarse en lo que Miranda le estaba diciendo.

Miranda hizo un sonido de disgusto.

–Creo que os habéis vuelto todos locos.

Emily no estaba del todo en desacuerdo con su hermana, pero al verla sostener el violín de aquella manera, se reafirmó en su decisión.

–El matrimonio solamente durará el tiempo necesario para que el padre de Alessandro abdique en su hijo. Eso es todo; luego el trato terminará. No empecéis a construir castillos en el aire...

–¡Castillos! –exclamó su madre dando palmaditas–. ¿Quién lo hubiera pensado?

–Voy a conseguir que todo funcione, tengo que hacerlo –dijo Emily una vez a solas con Miranda en su habitación–. No tengo nada que perder.

–¡Tienes todo que perder! –rebatió Miranda apasionadamente–. Puedes enamorarte de Alessandro y luego qué.

–Tengo veintiocho años y, de momento, he conseguido evitar cualquier relación seria.

–Solamente porque eres una enferma de tu trabajo; además, nadie remotamente parecido a Alessandro se te había cruzado hasta ahora –le dijo Miranda impaciente–. ¿Qué vas a hacer si te enamoras de él? Es un hombre increíblemente atractivo.

–Lo que hace mucho más fácil mantener la relación en un nivel puramente profesional –apuntó Emily–. Seguro que es un hombre mimado, egoísta, desconsiderado y obsesivo; el tipo de hombre al que es fácil resistirse.

–¿Qué sucedería si te quedases embarazada? –insistió Miranda.

–No habrá ninguna oportunidad de que eso pase.

–¡Estás bromeando! No vas a ser capaz de resistirte...

–Nunca sucederá si no hay sexo de por medio.

–¿Qué? –exclamó Miranda atónita.

–Está escrito en el contrato –dijo Emily satisfecha–. Es una sencilla precaución y ahorra a ambas partes posibles situaciones embarazosas.

–¿Situaciones embarazosas? –dijo Miranda intentando no reírse–. Nunca sabrás lo que te estás perdiendo.

–Exacto –confirmó Emily–. Mi intención es volver a mi vida normal; después de todo, no quiero ninguna distracción que pueda impedirlo.

–Alessandro no es ninguna distracción, es una obsesión de por vida –exclamó Miranda soñadora.

–Quizá –concedió Emily–, pero él quiere que el contrato finalice tanto como yo. No nos confundamos, esto es un negocio simple y directo que nos conviene a los dos; es un trato, no un matrimonio.

–Entonces, lo siento mucho por ti –dijo Miranda suavemente– y por Alessandro; además, me hace sentir muy culpable.

–No –contestó fuertemente Emily tomando la mano de su hermana–. No digas eso. Tienes que apoyarme, Miranda. Es demasiado tarde para echarse atrás. Piénsalo, podré pagar mi hipoteca, yo también cumpliré mi sueño.

–En ese caso, estamos juntas en esto –dijo Miranda resignada.

–Como siempre –admitió Emily sin exteriorizar el pequeño desconsuelo que sentía porque el matrimonio con Alessandro estaba condenado al fracaso antes incluso de haber comenzado.

–Y para siempre –acordó Miranda preocupada al ver la verdad brillar en los ojos de su hermana.

Era una noche muy agradable de verano. Aquel tiempo suave estaba en perfecto acorde con el humor de la ocasión. Emily miraba divertida cómo Alessandro se acercaba a ella con dos copas de champán. El contrato ya estaba firmado y era el momento de celebrar aquel trato tan inusual.

Un pequeño escalofrío recorrió el cuerpo de Emily cuando tomó la copa con la mano. Casarse con un hombre como Alessandro podía ser un proyecto peligroso.

–Por nosotros –murmuró él, irrumpiendo en los pensamientos de ella con el brindis más inapropiado que Emily hubiera imaginado.

–Por nuestra mutua satisfacción –apuntó Emily–. Por el éxito de nuestro trato –corrigió rápidamente.

–¡Ah, sí! Nuestro trato –repitió él sonriendo–. No sé si te lo he dicho, pero luego podrás conservar el título de princesa si lo deseas, Emily.

–No me parece algo importante...

–¿Importante?

Ella se dio cuenta de que lo había ofendido.

–Lo siento, yo...

Su gesto lo dijo todo: se había enfadado.

–Una vez que estemos casados, el título es tuyo de por vida, tanto si decides usarlo como si no.

–No habré hecho nada para ganarme ese derecho –protestó Emily.

–No estés tan segura –dijo mirándola fijamente–. Tendrás que sortear muchas dificultades antes de comenzar con tu nuevo papel.

–Por favor, no te preocupes por mí, Alessandro. Soy muy capaz de cuidar de mí misma.

Al final de aquella semana incluso los preparativos del viaje estaban finalizados. Emily y su familia volarían hasta Ferara en el jet privado de Alessandro, mientras éste permanecería en Londres un par de días más para terminar con unos negocios.

Según se iba acercando el día del viaje, la velocidad con la que la vida de Emily iba cambiando se aceleraba sin que ella pudiera controlarlo. Una de las primeras sorpresas había sido cuando una pareja de modistos de alta costura había llamado a su puerta sin avisar para tomarle medidas y hablar sobre sedas chinas, brocados suizos y perlas. En aquel momento, Emily se había dado cuenta de que si no pisaba fuerte, no tendría nada que decir, ni siquiera sobre su traje de novia. Unos días después, bolsas llenas de ropa llegaron a su apartamento junto a numerosas cajas de zapatos.

Tomó el teléfono y decidida llamó a la oficina de Alessandro.

–Sé que todo está siendo un poco brusco –admitió él amablemente–. Pero no tenemos mucho tiempo, Emily, y quiero que te sientas cómoda...

–¿Cómoda? –se oyó exclamar a Emily–. Pero si toda la ropa lleva etiquetas: para comidas, para inauguraciones, para reuniones formales, para el aire libre...

–¿No te gusta la ropa? –preguntó Alessandro preocupado.

–Lo siento, no quiero parecer desagradecida.

–¿Quieres que quedemos y lo discutamos?

–Sí –confesó ella.

–¿Voy a por ti ahora? –preguntó él sin poder ocultar lo divertido que le resultaba todo aquello.

–Sería estupendo –consiguió decir ella.

Alessandro la invitó a comer en uno de los restaurantes más exclusivos de la ciudad. Un sitio suficientemente discreto que incluso un príncipe y su preciosa acompañante podían pasar un par de horas deleitándose con aquella deliciosa comida en un rincón privado lejos de entrometidos.

Limpiándose la boca con una fina servilleta, Emily se preguntaba cómo iba a rechazar todos los estupendos regalos de Alessandro sin ofenderlo.

–¿Hay algo que te preocupa? –insistió él haciendo una seña al camarero para que les trajese la cuenta–. No seguirás preocupada por la ropa, ¿verdad?

–No sé lo que piensas –admitió Emily con franqueza e intentando ocultar su confusión detrás de una visión práctica–. Son demasiados conjuntos, me llevaría meses probármelos todos.

–Pues, de momento, déjalo –sugirió casualmente–. Mete en la maleta algunas cosas que te gusten y haré que te manden el resto al palacio. Ya te las probarás en Ferara cuando tengas más tiempo.

–Eres muy amable, demasiado amable –dijo Emily de forma impulsiva. El corazón le estaba latiendo con fuerza dentro del pecho, mientras Alessandro no dejaba de mirarla fijamente.

–Simplemente quiero que seas feliz –murmuró él. Parecía que Alessandro también estaba teniendo dificultades para mantener la compostura.

–Durante la duración del contrato, entiendo –apuntó ella como si quisiera dejar las cosas claras entre ellos.

Inclinando la cabeza ligeramente, Alessandro asintió.

–Lo que me recuerda... –empezó a decir rebuscando en el bolsillo interior de la chaqueta; de pronto cambió de idea y sacó la mano–. ¿Estás lista para que nos marchemos? –añadió poniéndose de pie–. He pensado que podíamos dar un paseo por el parque antes de que te lleve a tu casa.

Mientras salían, Emily se dio cuenta de que la misma pareja de hombres que los había seguido discretamente hasta el restaurante, estaban a pocos metros de ellos en la calle.

–No te preocupes –le dijo Alessandro tomándola del brazo–. Son buenos chicos.

–¿Son tus guardaespaldas?

–También son los tuyos, te vas a convertir en mi esposa –le recordó él.

La idea de convertirse en su esposa excitó a Emily. Tenía que preguntarle muchas cosas, no podía hacerse a la idea de que no podría ir a ningún sitio sin guardaespaldas. Alessandro tendría que darle muchos consejos para poder ir acostumbrándose a aquel mundo tan confuso.

–¿Te gustaría venir a mi apartamento a tomar café?

Los pocos segundos que Alessandro tardó en contestar, a Emily le parecieron horas.

–Mejor, no –respondió él con una rápida sonrisa.

–No te preocupes, simplemente pensé...

Alessandro se habría dado una bofetada. La invitación de Emily era irresistible, casi irresistible, pero si él iba a su apartamento solamente podrían acabar de una manera. Había algo en Emily Weston que había despertado en él unos instintos masculinos hasta aquel momento dormidos.

–Pero todavía tenemos tiempo para dar un paseo por el parque –sugirió él–. Será mejor que tengas esto –añadió de pronto.

–¿Qué es? –preguntó Emily con curiosidad viendo cómo Alessandro se metía la mano en el bolsillo interior de su chaqueta. Ella frunció el ceño al ver el anillo que él sostenía frente a ella.

–Causaría sorpresa en Ferara si no llevases esta joya en particular –le explicó Alessandro con la misma frialdad que un robot.

Era un anillo precioso, pero los anillos de compromiso deberían darse con amor y con ternura, pensó Emily.

–¿No te gusta?

¿Realmente aquello le importaba? Probablemente aquel anillo había pertenecido a la familia de Alessandro durante generaciones, seguramente lo había llevado también su difunta madre.

–Si quieres, póntelo solamente en público –añadió él.

–Me encanta –dijo ella firmemente mirándolo a los ojos–. Es que con toda la ropa y ahora esto... –ella se detuvo cuando le tomó la mano. Él parecía aliviado por su reacción.

–Gracias –susurró Alessandro suavemente–. Esperaba que te gustase. En mi familia ha pasado de generación en generación.

–Cuéntame más –le animó Emily. Aquella voz la hipnotizaba.

–Sé que este anillo no tiene la típica piedra enorme de incalculable valor –empezó a decir él–, y quizá no es lo que esperabas, pero este anillo tiene una procedencia que ninguna otra joya tiene.

Ella se lo puso en el dedo. Estaba engarzado con rubíes y perlas en torno a un gran rubí en forma de corazón que formaba el centro del diseño.

–Cuéntame más –insistió ella.

–Hubo un príncipe en Ferara que se llamaba Rodrigo Alessandro –explicó él–. Se enamoró de una bella joven llamada Caterina. Rodrigo encargó este anillo para ella...

Mientras Emily escuchaba, hizo un esfuerzo por mantener la compostura. Aquella voz golpeaba sus sentidos.

–Cuando se dirigía a pedir la mano de Caterina, el caballo de Rodrigo sufrió un accidente y él cayó inconsciente dentro de un lago. Caterina, privada de su único amor, decidió retirarse de por vida en un convento.

Emily contuvo la respiración cuando Alessandro se giró para mirarla fijamente a los ojos.

–¿Qué pasó con ella? –preguntó Emily rápidamente, con miedo de que él pudiera leer su mente.

–El caballo de Caterina sufrió un accidente de camino al convento –siguió contando él–. Cuando recuperó el sentido, el anillo estaba justo a su lado.

Dio la sensación de que el rubí en forma de corazón emitió un destello como respuesta y Emily hizo una mueca involuntaria.

–Entonces, ¿se metió en el convento?

–No pudo

–¿No pudo?

–Así es.

–¿Por qué no?

–Creo que es hora de llevarte a casa, mañana sales hacia Ferara muy pronto –dijo él–. Además, tengo otra reunión de trabajo a las... –frunció el ceño cuando miró la hora en el reloj–. ¡Hacía diez minutos!

Todo el romance y la ternura desaparecieron de su voz.

–Cuidaré del anillo –dijo ella.

–Estoy seguro de que lo harás –murmuró él–. ¿Nos vamos?

–No hace falta que me lleves a casa –apuntó ella rápidamente–. Ya te he entretenido bastante.

–Yo te llevo –insistió con aquel tono tranquilo, pero firme, que hacía que fuera imposible discutir con él.

Alessandro la dejó en la puerta de su apartamento.

–*Li vedro in Ferara*, Emily –dijo él al despedirse.

–Sí, nos vemos en Ferara, Alessandro –confirmó ella suavemente antes de cerrar la puerta.

Capítulo 5

A EMILY le parecía que todo el mundo en Ferara tenía un motivo para celebrar aquella boda.

Desde la ventana de la enorme suite que le habían asignado antes de la boda, tenía una vista estupenda de la calle, más allá de los muros del palacio.

Por una vez, Emily tenía que dar la razón a su madre: ¡Todo aquello era increíble!

Se acababa de despertar y todavía no se había acostumbrado al lujo que la rodeaba. Aquella habitación era de ensueño y Ferara era un lugar encantador, parecía la fotografía de una postal.

Estiró las piernas entre aquellas sábanas con olor a lavanda y se levantó para acercarse hasta el balcón. El sol brillaba en lo alto del cielo azul y se sentía emocionada por todo lo que estaba viviendo. Empezó a pensar en Alessandro y en los negocios que hacían que estuviera fuera de Ferara. Se recordó a sí misma que aquello solamente era un trato, Alessandro aparecería el día de la boda y luego seguiría con su vida de forma independiente. Ella se quedaría en Ferara desempeñando su papel como había prometido, pero ¿cuáles serían los planes de Alessandro? ¿Lo vería en algún momento después de la boda?

Emily sacudió la cabeza, era inútil especular sobre aquello. Se acercó al teléfono para marcar un número interno.

Después de varios tonos, Emily recordó que Miranda y sus padres le dijeron que se despertarían pronto para hacer un tour por la ciudad.

¿Qué hacía una futura princesa en su tiempo libre? Llamar a su oficina, se dijo marcando otro número de teléfono.

–Muy bien, Billy –dijo ella después de charlar con su ayudante–, nos vemos en la boda.

Después de colgar, aquella habitación parecía más grande y más vacía que hacía unos minutos.

Se dispuso a ducharse y vestirse, ignorando las lágrimas que empezaron a inundar sus ojos. Los próximos meses iban a ser los más largos de su vida.

Se sintió mejor cuando salió del baño. El pelo mojado le caía sobre los hombros desnudos y se puso una toalla de mano enrollada alrededor de la cintura. Cruzó la habitación hasta la cama y, entonces, se dio cuenta de que no estaba sola. Intentó taparse el pecho con la toalla, pero no era suficientemente grande.

–No te preocupes, me daré la vuelta –murmuró Alessandro tranquilizándola.

No era muy fácil no preocuparse cuando el corazón latía descontrolado dentro del pecho.

–¿Quién te ha dejado pasar? –dijo ella ocultándose tras la puerta del vestidor.

–Te pido disculpas por no haberte avisado de mi llegada.

Emily respiró hondo. Sus pezones se habían puesto duros como piedras.

–Pensé que tenías cosas que hacer en Londres.

«Yo también, pero no he podido estar tanto tiempo alejado de ti», pensó él con amargura.

–¿Te ayudo en algo? –dijo él acercándose a ella.

–No hace falta.

–¡Venga, Emily! –murmuró Alessandro acercándose cada vez más–. He visto el cuerpo de una mujer en otras ocasiones. No va a pasar nada –añadió él con ironía–. ¿Recuerdas nuestra cláusula de «nada de sexo»?

–Sí, gracias, la recuerdo –contestó ella con la piel de gallina.

–¿Ves? Ni siquiera estoy mirando –dijo él poniéndose enfrente de ella– No tardes mucho en arreglarte, tengo algo que enseñarte, algo que creo que te va a gustar mucho.

Ella cerró la puerta del vestidor y miró toda aquella ropa. Se quitó la toalla y totalmente desnuda empezó a rebuscar entre las perchas para decidir lo que se iba a poner. Había tanto donde elegir... ¿Qué ropa era la apropiada para ponerse después de haber salido de la ducha y, semidesnuda, haberse encontrado al posiblemente hombre más delicioso del planeta?

Finalmente se decidió por unos vaqueros y una camiseta.

–¿Espero que hayas dormido bien?

–Muy bien, gracias –contestó ella educadamente–. No tenía ni idea de que habías vuelto –dijo saliendo del vestidor.

–Ven aquí –dijo él suavemente señalando el sofá en el que estaba sentado.

Emily sonrió intentando controlar el latido frenético de su corazón.

–Quiero que veas una cosa –añadió él con calma.

Emily tuvo cuidado con cada paso que daba, no quería que se notase que estaba emocionada.

–Siéntate.

Ella obedeció, se sentó a una distancia prudente de él y cruzó las manos sobre las piernas.

Alessandro tomó un joyero cuadrado que había en el suelo y lo puso en la mesita que había frente a ellos.

–Para ti –dijo mientras lo abría.

Emily se inclinó con curiosidad para poder ver su interior. Un montón de diamantes brillaron como llamas de fuego cuando los rayos del sol los iluminaron.

Alessandro metió las manos y sacó una tiara, unos pendientes, un brazalete y un collar a juego.

–Te lo pondrás con el traje de novia –dijo dejando todo sobre la mesa frente a ella.

–¿No crees que esto es demasiado?

–Que yo sepa, ninguna princesa de Ferara se había quejado antes –apuntó él.

–Bueno, yo había planeado algo más sencillo.

–Harás lo que se te diga –le dijo Alessandro cortante–. Los ciudadanos de Ferara esperan...

–Los ciudadanos de Ferara están siendo engañados y no puedo aparecer de una forma todavía más hipócrita de lo que ya estoy siendo. Creo que se merecen algo mejor.

–Tú cumple con el contrato –le contestó bruscamente–, que yo me ocuparé de los ciudadanos de Ferara, que para eso son mi obligación.

–Y la mía también –añadió ella–, al menos mientras dure nuestro trato, y mi intención es cumplir con este país y su gente. Además, te advierto, Alessandro: no me dejaré intimidar por ti.

–Muy bien, pero te pondrás estas joyas –insistió él exasperado–. Solamente es un día, es todo lo que te pido.

Emily apretó los labios mientras pensaba. No tenía muchas opciones.

–Me encantará ponerme la tiara y el anillo,

pero el resto es demasiado impresionante y ensombrecería la belleza de estas dos piezas, ¿no crees que tu gente apreciaría ver un poco de sencillez en su princesa?

Hubo un silencio.

–Eres una mujer excepcional, *signorina* Weston –dijo sonriendo y metiendo las joyas dentro dcl estuche.

–¿Estás de acuerdo? –preguntó ella sin creerse que había ganado su primera batalla.

–Estoy de acuerdo.

–Gracias –apuntó ella con sinceridad.

Se pusieron de pie.

–¿Volveré a verte hasta el día de la boda? –se atrevió Emily a preguntarle.

–Me imagino que estarás muy ocupada con todos los preparativos –contestó mirándola fijamente–, y yo tengo reuniones hasta la mañana misma de la ceremonia. Así tendrás tiempo suficiente para organizar tu ropa.

–Me gustaría hacer algo más productivo. Me encantaría aprender más cosas sobre Ferara –sugirió ella–. La ropa puede esperar.

Por un instante, Alessandro parecía sorprendido.

–Bueno, está bien –dijo él–. Buscaré a alguien con quien puedas hablar.

Mientras su estómago se encogía de decepción, los labios de Emily se ponían tensos.

–No te molestes –le dijo–, ya encontraré a alguien yo misma.

Después de desayunar sola en su habitación, Emily decidió que iría a buscar a alguien que le contara algo más sobre Ferara. Vio a un viejo jardinero a través de la ventana y decidió ir en su busca.

Emily sonrió cuando él se giró y la vio. El amor de aquel anciano por sus plantas quedaba patente en cada uno de sus movimientos, probablemente trabajaba en el palacio desde chico. ¿Quién mejor que él para que le contase todo lo que ella quería saber? Además, cualquier cosa sería mejor que volver a su aburrida habitación.

–¡*Buon giorno*! –exclamó ella mientras se acercaba a aquella figura solitaria–. Espero no molestarle.

–En absoluto, *signorina*. Estoy encantado de tener compañía.

–Habla usted mi idioma –dijo ella gratamente sorprendida.

–Sí –contestó él apoyándose sobre el rastrillo–. ¿Qué puedo hacer por usted, *signorina*?

–¿No le molesta el sol? –preguntó ella resguardándose los ojos con la mano–. Hace mucho calor aquí fuera.

–Sí, me encanta sentir el calor del sol, adoro

estar aquí fuera con las plantas. ¿Le gustan a usted las flores?

–Me apasionan –contestó ella.

–¿Las rosas?

–Especialmente las rosas –suspiró Emily–. Me recuerdan al jardín de mis padres en Inglaterra.

–¿Siente añoranza tan pronto? –preguntó con sensibilidad.

Ella sonrió.

–¿Cómo se llama esta flor? –preguntó después de hacer una pausa.

–Buena elección. Esta rosa tomó su nombre en la época de un escritor contemporáneo de Shakespeare, el inglés Christopher Marlowe. Mire –dijo tomando el capullo entre las manos–, inhale aquí con fuerza: debería detectar un olor a té y limón.

–Mmm, es un olor curioso –apuntó Emily después de un momento–. ¿Pero cuál es la conexión entre Christopher Marlowe y las rosas?

–¿No lo sabe? –exclamó él.

–Me temo que no –dijo ella un tanto avergonzada.

–Christopher Marlowe, después de discutir con un amigo, le dio un libro, pero primero metió una rosa entre sus páginas para expresar su disgusto por la pelea.

–Y su amigo, ¿lo perdonó?

–¿Cómo podría no hacerlo? –exclamó el anciano mirando los capullos de rosas que tenían delante.

Antes de que Emily pudiera impedírselo, él cortó una para ella.

–Mire, *signorina*, tómela, métala dentro de un libro y recuerde que si la muestra como símbolo de amor y cariño, volverá a florecer allá donde vuelva a plantarla.

Tomando la flor con la mano, Emily sonrió.

–¿Trabaja aquí todos los días?

–Lo intento –le contestó con los ojos brillantes–. Mi intención es convertir este jardín en uno de los más bonitos de Ferara... de Europa.

Hablaron durante un rato y, finalmente, ella lo dejó para que él pudiera seguir trabajando.

–¿Le importaría que viniera aquí, de vez en cuando, para charlar de nuevo?

–¿Importarme? –había exclamado él sorprendido–. Todo lo contrario, me encantaría.

–En ese caso –había contestado Emily feliz–. Hasta mañana.

De vuelta a su habitación, vio sobre el escritorio un cuaderno de tapas rojas que no reconocía. Lo abrió y dentro leyó:

Para Emily, de Alessandro. Para que escribas tus pensamientos.

Y al final de la página estaba escrita la fecha de su boda.

–¿Te gusta?

A Emily casi se le paró el corazón del susto.

–¡Me encanta! –dijo mientras pasaba la mano sobre la delicada hoja–. ¿Es un regalo para mí?

Él contestó con una sonrisa y se encogió de hombros.

–Nunca he tenido nada parecido. Muchas gracias –admitió ella con franqueza.

–Pensé que quizá quisieras dar una vuelta por Ferara.

–¡Sí! –dijo entusiasmada, aunque pronto guardó las formas de nuevo–. Me encantaría saber más sobre la ciudad; de hecho, ya me he hecho un amigo, uno de los jardineros, un anciano muy interesante.

–Tengo la tarde libre. ¿Te acuerdas del Festival del Chocolate? Normalmente se celebra en febrero, pero van a hacer un certamen especial como homenaje a nuestra boda. Como ahora hace tanto calor, se llevará a cabo dentro de un gran vestíbulo en uno de los edificios municipales. Si queremos ver algo, tendremos que irnos ahora mismo.

Cuando llegaron, Emily se quedó maravillada con la gran cantidad de figuras de chocolate que había allí. Después de un caluroso recibimiento, pudieron pasear tranquilamente entre las diferentes casetas que allí exponían sus productos.

–Te voy a comprar un poco de chocolate –se ofreció él amablemente.

Parecía que Alessandro era un maravilloso actor, pensó Emily con tristeza. Estaba siendo encantador con ella, tomándola de la mano y dándola muestras de cariño constantemente. Parecían una pareja de enamorados de verdad, riendo y gastándose bromas; en definitiva, pasando un rato maravilloso.

–Cuéntame otras tradiciones de Ferara –dijo ella sonriendo.

–Nuestra boda será una excusa perfecta para celebrar una gran fiesta. Todo el mundo en Ferara adora el carnaval.

–Estoy deseando verlo –dijo ella convencida, sobre todo si Alessandro iba a estar a su lado.

–Tienes la cara manchada de chocolate –comentó él, mientras ella intentaba limpiarse el rostro.

–Creo que es culpa tuya por darme tanto chocolate –dijo ella soltando una carcajada.

Después se hizo un silencio. Ella se dio cuenta de que estaba coqueteando con él.

–Debo de estar hecha un desastre –murmuró Emily para romper el hielo.

–Estás encantadora –dijo Alessandro mirándola fijamente y sacando un panuelo del bolsillo de su chaqueta. Tomó una esquina, la humedeció con la lengua y le limpió la cara con cuidado.

–Mucho mejor –susurró él con satisfacción.

Ella no se atrevía a mirarlo a los ojos porque

no quería averiguar que los sentimientos de Alessandro no eran los mismos que los de ella.

–Supongo que tendremos que regresar ya –dijo ella retrocediendo unos pasos para poner algo de distancia entre ellos.

Estaba loca. Lo único que quería era estar con él y acababa de dar por terminado su paseo. Nunca se hubiese imaginado que se fuese a sentir así.

–Emily, ¿te sientes bien? –le preguntó él al verla tan ensimismada.

Los ojos se llenaron de lágrimas cuando Alessandro se la quedó mirando, odiándose por su debilidad. Tenía que mantener el control. De pronto notó que se le iba la cabeza y que se mareaba.

–¿Qué te ocurre? Ten cuidado, no quiero quedarme sin novia –dijo él de forma cariñosa.

–Estoy segura de que encontrarías a otra mujer mejor, sin problemas.

–Pero no sería como tú.

–¿Importa eso?

–Sí, sí que importa. Hace mucho calor –dijo cambiando de tema mientras salían al exterior–. Apóyate en mi brazo, andaremos por la sombra. Comeremos algo en el palacio.

–He comido mucho chocolate.

–Tomaremos algo ligero, una ensalada con algo frío para beber.

Quizá él tuviera razón y el calor estuviese calentando sus sentidos. Alessandro estaba intentado sortear una situación difícil siendo amable con ella. Alzó los ojos para mirarlo... se estaba enamorando de él y una ola de preocupación se apoderó de ella.

Alessandro le devolvió aquella mirada con una sonrisa; lo único que quería era tener una excusa para estar con ella y el Festival del Chocolate había sido una oportunidad perfecta.

Enamorarse había sido lo último que esperaba, pensó Alessandro de camino al palacio. Emily era perfecta y parecía que gustaba a todo el mundo, a juzgar por la cara de los ciudadanos al saludarla. Sería una maravillosa primera dama. Volvió a mirar a la mujer que en menos de una semana se convertiría en su esposa. Sintió un afecto por ella... algo más allá de una mera atracción física, algo que envolvía su alma con un manto de amor.

Alessandro se dio cuenta de que nunca se había sentido de aquella manera. El hecho de poder cuidar de ella hacía que se sintiese más feliz que nunca. Enamorarse de Emily era el más natural y el más inevitable paso que había dado en su vida, pero sabía que si iba demasiado deprisa podría dañar su relación con ella para siempre; tendría que ir con cuidado, despacio, dando tiempo a Emily para que se fuera acostumbrando a él.

Su instinto quería meterla en su cama. Pero tendría que esperar.

–¿Sabes una cosa, Alessandro?

–Dime –contestó él feliz.

–Adoro Ferara, adoro su gente, son tan amables, tan genuinos, tan cálidos que... –ella dudó unos instantes.

–¿Qué? –él sabía que ella quería decir algo más.

–Que creo que esto va a funcionar... entre nosotros –añadió ella tímidamente.

Alessandro sonrió y la acercó un poco más a él. Había llegado a aquella misma conclusión hacía ya tiempo.

Capítulo 6

EN LOS días siguientes, Emily casi no vio a Alessandro excepto de pasada, pero sabía que estaba muy ocupado. Incluso su familia andaba atareada con los preparativos de última hora y ella casi no había tenido tiempo para ver a su nuevo amigo.

El día antes de la boda, hablando con él, le preguntó dónde vivía.

–¿Está cómodo?

–¿Cómodo? –exclamó él extrañado.

–Supongo que el alojamiento viene incluido con el trabajo.

Él asintió.

–¿Es un lugar agradable?

–No está mal –contestó él después de una pausa–. Aunque la cocina está muy lejos de mi apartamento, normalmente cuando me siento en la mesa, la comida está fría.

–¿No tiene su propia cocina?

–¿Mi propia cocina?

–Sí, algún sitio donde pueda prepararse algo de comer o de beber.

–No, nada parecido –contestó pasándose la mano por la frente–, pero parece buena idea.

–Estoy segura que puedo hacer algo al respecto.

–¿Podrías?

–Voy a intentarlo.

–Sólo si me promete darme clases de cocina –dijo sonriendo.

–Sería algo sencillo de momento: una pequeña nevera, un tostador y un hornito.

–¡Buena idea! –exclamó su nuevo amigo con entusiasmo.

–Estupendo, mañana le contaré lo que he podido conseguir.

–¿Mañana?

Emily se tapó la boca con la mano.

–¡Es el día de mi boda! –su estómago se encogió de aprensión–. ¿Cómo es posible que el tiempo haya pasado tan rápido?

–¿Dónde está tu futuro marido?

–¿El príncipe Alessandro?

–Sí, sí –asintió su anciano amigo–, mi hijo, ¿dónde está? ¿Por qué te ha dejado sola?

–¿Su...? –la boca de Emily se abrió por completo–. ¡No me había dicho nada!

–¿Habrías sido tan abierta si lo hubieras sabido? –preguntó el padre de Alessandro mirándola divertido.

–Bueno... no sé –admitió Emily con franqueza–. Debe de creer que soy una idiota.

–Todo lo contrario –contestó él–. Todo menos una idiota; mi hijo, por el contrario...

–No, por favor –apuntó Emily sacudiendo la cabeza–. No lo entiende...

–¿Qué no entiendo? –preguntó el anciano soberano.

–Yo... bueno... esto no es una boda normal.

–¿Lo quieres? –le preguntó directamente.

–Bueno, yo... –Emily hizo una pausa. No sabía qué decir.

–¿Quieres a mi hijo o no?

–¿Metiéndote en líos como siempre, padre?

Aquella profunda y familiar voz atravesó de lleno el corazón de Emily.

–¡Alessandro! –exclamó ella.

–Veo que ya has conocido a mi padre –dijo con una mueca.

¿Cómo era posible que un príncipe llevara puesto unos vaqueros gastados, una camiseta ajustada y tuviera aquel aspecto de recién levantado? Incluso tenía todavía el pelo mojado de la ducha. Estaba claro: se había enamorado de aquel hombre.

–Te has portado tan mal con la novia, que hasta había olvidado que mañana era el día de su boda –le acusó el anciano con cariño–. Eres un chico malo.

–A veces los negocios...

El anciano apretó los labios en señal de desaprobación.

–Negocios, negocios, negocios –dijo con desdén–. ¿Y tu novia, Alessandro? ¿Qué pasa con tu novia?

Emily estalló en carcajadas cuando Alessandro hizo una reverencia exagerada frente a ella.

–Solamente puedo ofrecerle mis más humildes disculpas, *signorina* Weston. Aceptaré sin resistencia el castigo que usted elija.

«No me tientes», pensó Emily.

–Tu novia necesita tu atención –apuntó el padre–. Tú boda es mañana, en caso de que tú también lo hayas olvidado, Alessandro.

–No lo he olvidado, padre –respondió él mirando de reojo a Emily.

–No importa –insistió Emily–. Alessandro está muy ocupado, Alteza, y yo tengo muchas cosas que hacer. Os dejo solos –añadió mirando a Alessandro.

–No harás nada parecido –ordenó el anciano–. Te quedarás aquí conmigo y seguiremos hablando un rato. Mañana Alessandro tomará mi lugar, pero hoy sigo siendo el monarca de Ferara y quiero hablar con mi futura nuera, ¡a solas! –dijo mirando a Alessandro–. Mantente ocupado en algún otro sitio, Alessandro. Emily y yo tenemos muchas cosas de las que discutir.

–Padre –dijo Alessandro haciendo una leve reverencia–. Tus deseos son mis órdenes.

La boda tenía más similitudes con una gran producción cinematográfica que con cualquier otra cosa en la que Emily hubiera participado. El espectáculo empezó cuando le avisaron de que el maquillador y el peluquero habían llegado.

Mientras la peinaban y la maquillaban, Emily empezó a sentirse como un objeto inanimado. Nadie la miraba a los ojos. Nadie le hablaba si no era para contestar alguna de sus preguntas y, desde luego, nadie daba su opinión de forma voluntaria; preferían esperar primero hasta que Emily expresara su punto de vista.

Aquella falta de comunicación verbal la estaba volviendo loca y sus nervios se estaban crispando cada vez más. Justo cuando creía que no podría soportarlo más, en la cara de Emily se dibujó una amplia sonrisa.

–¡Papá! ¡Mamá! ¡Miranda! –exclamó poniéndose de pie y acercándose hasta ellos.

–*Signorina*, por favor, cuidado con su velo –dijo el modisto.

–Solamente será un momento –apuntó Emily mientras abrazaba a su padre.

–Cinco minutos –murmuró su padre , después volverá a ser toda suya, se lo prometo.

Todos se retiraron discretamente dejándolos solos.

–Todavía estás a tiempo de cambiar de idea, Emily –le dijo Miranda mirando a su madre, que asentía con la cabeza.

–No es demasiado tarde –apuntó su padre–. Puedo sacarte de aquí en un abrir y cerrar de ojos.

–No, papá –insistió Emily firmemente–. Hay demasiadas cosas en juego, voy a seguir hasta el final. Además, no está tan mal vivir en un palacio con Alessandro –añadió arqueando una ceja mirando de reojo a su hermana.

–¿Te refieres a...? –susurró Miranda con picardía.

–No, no me refiero a lo que estás pensando –contestó Emily suavemente–, pero es un hombre muy divertido cuando lo conoces, y muy amable.

–¿Eso es todo? –exclamó su hermana un poco decepcionada.

–Nunca decidimos que fuera nada más –aclaró Emily sonriendo–. Estás preciosa –dijo deseando cambiar de tema–; y vosotros, papá y mamá, tenéis un aspecto fantástico.

–¿Estás totalmente segura de esto? –insistió su padre mirándola con preocupación.

–Sí –contestó Emily mirándolo a los ojos–. Podéis decir a todos que vuelvan, estoy preparada.

La catedral de Ferara era enorme. Cuando Emily entró, un murmullo de asombro recorrió el templo.

–Esto es como una película –murmuró el padre de Emily a su hija mientras recorrían del brazo el amplio pasillo hasta el altar–. La única diferencia es que nunca olvidaremos este momento una vez que el espectáculo haya terminado.

–Papá, ten coraje –dijo Emily en voz baja apretando el brazo de su padre–. Podemos hacerlo.

–Se supone que soy yo el que tiene que apoyarte, ¿recuerdas? –apuntó mientras el órgano y el coro desplegaban todo su esplendor.

Alessandro la estaba esperando al pie del altar. Ella caminaba erguida y orgullosa del brazo de su padre. Vio a su madre, vestida con un traje de terciopelo azul, y a Miranda con un vestido color limón claro.

Aunque sabía que aquel matrimonio carecía de amor o de romanticismo, Emily sentía el corazón exaltado.

Sonrió cuando se acercó a Alessandro y la ceremonia empezó. Pasara lo que pasara, Emily estaba dispuesta a esforzarse por la gente de Ferara mientras fuera su princesa.

–Puede besar a la novia –dijo el sacerdote.

El corazón de Emily se encogió ante aquellas palabras. ¿La besaría o la humillaría enfrente de todo el mundo? Ella esperó sin saber lo que ocurriría. Miró a los ojos de su marido. Él sonrió y Emily sintió sus labios sobre la boca. Ella suspiró mientras sentía aquella suavidad acariciarla, pero el piano de la capilla mayor empezó a sonar y rompió la magia del momento. Alessandro la tomó del brazo. Eran marido y mujer, sonriendo hacia la derecha y hacia la izquierda, pero ni una sola vez sonriéndose el uno al otro.

Tuvieron su primera pelea la noche de bodas.

Emily se preparaba para irse a la cama en una suite contigua a los aposentos de Alessandro. Estaba sola y estaba haciendo un esfuerzo por mantener la compostura. Al menos se estaban cumpliendo todas las clausulas de su contrato, pero fue incapaz de evitar que los ojos se le llenasen de lágrimas. Había sido una tonta por permitir que sus sentimientos se mezclaran con todo aquello.

El hecho de que Alessandro fuera un príncipe no le importaba en absoluto; para ella era mucho más importante que entre ellos hubiera un contrato en vez de un romance. Todo aquello empezaba a ser muy doloroso.

Sentada en el tocador, se quitó la última horquilla que recogía su pelo. La melena cayó sobre sus hombros y empezó a cepillarla con la mirada perdida.

Era difícil creer lo inocente que había sido al pensar que iba a ser fácil pasar de mujer soltera a princesa de Ferara. ¿Inocente? Aquel adjetivo se quedaba corto, pensó Emily sacudiendo la cabeza.

La boda lo había cambiado todo. Alessandro era su marido, y ella, su mujer. Automáticamente, aquello conllevaba esperanza, deseo, expectación y, sobre todo, la necesidad de, por lo menos, pasar la noche de bodas con su marido, pensó Emily apretando la boca e intentando dejar de llorar.

Una vez que abandonaron la catedral, prácticamente no tuvo oportunidad de hablar con él y, aunque habían abierto el baile juntos, los habían interrumpido constantemente.

Llamaron a la puerta y Emily contuvo la respiración.

Había dicho a los criados que podían retirarse hasta el día siguiente, pero seguramente sería su doncella con un vaso de leche caliente.

–¡Alessandro!

Por un momento se sintió como una idiota allí de pie. Estaba descalza y llevaba solamente puesta una pequeña camiseta, mientras, frente a ella, su marido llevaba puesto un batín de seda negra increíblemente elegante.

–He venido solamente para ver si estabas bien... y si necesitabas algo –dijo él intentando no fijarse mucho en cómo iba vestida.

–Estoy bien –contestó Emily–, simplemente un poco cansada.

–Estabas muy guapa –le dijo mirándola a los ojos–. Gracias, Emily.

–De nada –mintió ella sonriendo forzadamente.

Lo miró a la boca y recordó el beso que se habían dado durante la ceremonia. Cerró los ojos un instante y revivió aquella excitación que le había recorrido el cuerpo.

–Creo que todo ha salido muy bien –dijo Alessandro sacándola de sus pensamientos.

–Sí –contestó suavemente–, muy bien; además, Miranda está muy feliz, el violín lo es todo...

–¿Podemos hablar un momento sobre nosotros?

Empezó a caminar hacia ella, su expresión no era del todo clara, pero Emily supo que algo le había molestado. Quizá pensase que el violín era un objeto demasiado caro para comprar una mujer por la que no sentía nada.

–No hay ninguna razón por la que nos sintamos raros el uno con el otro... –empezó a decir él.

¿Raro? ¿De qué demonios estaba hablando?, pensó Alessandro enfadado mirándola fijamente.

–¿Te encuentras bien? –le preguntó Emily.

Estaba segura de que debajo del batín, Alessandro iba desnudo. La mente se le llenó de imágenes eróticas. Podrían ser amantes y seguir cumpliendo su contrato hasta el final...

–Yo no siento nada raro entre nosotros –contestó ella intentando alargar la conversación.

Él se había acercado mucho, tanto que Emily

pudo oler la fragancia afrutada del jabón con el que Alessandro se había duchado. Ella cerró los ojos e inhaló profundamente aquel olor.

–No te preocupes, Alessandro –murmuró ella–. Estoy muy tranquila.

Emily dio un respingo cuando él golpeó la pared con el puño.

–¿Que no me preocupe? –contestó él conteniendo su furia a escasos centímetros de ella–. ¿Cómo me puedes decir que no me preocupe? ¿Soy el único que está tenso? No me mientas, Emily –le avisó retrocediendo unos pasos–. Sé que estás mintiendo, esta situación nos supera a los dos y tú lo sabes.

–Sabíamos en lo que nos metíamos.

–¿Ah, sí? –la interrumpió él bruscamente–. Estás muy segura, ¿verdad, Emily? ¿Estás muy segura de que nada ha cambiado entre nosotros ahora que somos marido y mujer?

–Es nuestra noche de bodas...

–¿Y? –preguntó él secamente.

–Nuestra cláusula sobre nada de sexo... –empezó a decir ella tímidamente–, podríamos...

–¿Olvidarla? –sugirió él de forma provocativa.

Aquel tono de voz hizo que Emily sintiera un nudo en el estómago.

–No creo que sea una buena idea, Emily –añadió él cortante.

El poco sentido común que a ella le quedaba le

decía que Alessandro tenía razón, mientras su instinto y el latido de su corazón le decían todo lo contrario.

Ella respiró profundamente y se obligó a sonreír. Le agradeció su interés y le aseguró que no necesitaba nada, pero justo cuando Emily pensaba que había controlado la situación, Alessandro volvió a confundirla de nuevo.

–Supongo que podemos hacer lo que sugieres, mantener los términos de nuestro contrato y tener un romance al mismo tiempo –dijo él de pronto.

Se hizo un silencio que se prolongó unos segundos, entonces Emily empezó a reírse de forma nerviosa, como si no lo hubiera tomado en serio.

–¿Qué opinas, Emily?

–¿Que qué opino?

¿Qué opinaba ella? Emily se dio cuenta de que era incapaz de pensar o de opinar nada. Su cuerpo se estremecía de deseo, sólo podía pensar en la fuerza sexual que él ejercía sobre ella.

–¿Y bien? –insistió él bruscamente.

¿Estaría hablando en serio?, pensó ella nerviosa.

Alessandro la miró fijamente a los ojos. Vio cómo ella se humedecía los labios con la punta de la lengua y entonces supo que aquello no sería suficiente. Incluso si Emily accedía, una relación sexual con su preciosa esposa solamente lo dejaría más frustrado que nunca... y él quería más, mucho más. Quería su amor. Sabía que tenía que decir y que hacer algo o todo se echaría a perder para siempre. Levantó las manos en señal de derrota.

–Perdóname, Emily. No sé lo qué estoy diciendo, estoy muy cansado...

Sí, estaba cansado. Estaba cansado de actuar, cansado de fingir que no sentía aquella necesidad urgente de consumar su matrimonio y de luchar con aquel tormento físico que estaba seguro de que a ella también le acechaba. Deseaba que estuviesen unidos en cuerpo y alma para el resto de sus vidas. Pero lo más agotador de todo era mantener el secreto que estaba forzado a guardar. Un secreto que mantenía oculto con recelo porque era lo único que había en el mundo que pudiera alejar a Emily de su lado para siempre y, teniendo en cuenta el deseo físico que sentía por ella, él no podía, no correría el riesgo de perderla.

–Los dos estamos cansados y no es de extrañar –dijo Emily suavemente.

–Lo sé –afirmó Alessandro moviendo la cabeza y apartando la mirada. Era como si ella se diera cuenta de todo y de nada.

Alessandro alargó la mano y acarició suavemente la mejilla de Emily. Ella le tomó la mano y la besó para demostrarle su cariño. La dulzura del momento pasó y la tensión volvió a invadirlos.

–Mi comportamiento no tiene perdón –dijo él separándose de ella–. Siento si te he asustado; lo último que pretendo es hacer esto más duro de lo que ya es para ti –dijo él acercándose a la puerta–. Si hay algo, cualquier cosa que yo pueda hacer para que te sientas feliz...

–Soy feliz –protestó ella rápidamente.

–No me digas lo que piensas que quiero oír. Hablo en serio, Emily –añadió suavemente–, cualquier cosa que quieras no tienes más que pedírmelo.

«Tú», pensó ella mirándolo a los ojos. «Eso es lo único que quiero, ahora y siempre»

–Bueno, había pensado que podía ocuparme de los empleados del palacio, de las condiciones en las que viven, de comprobar si necesitan renovar sus apartamentos.

–Si quieres, podemos organizar reuniones semanales para que me tengas informado de todo.

–Sí –contestó ella rápidamente, cualquier excusa era buena para poder verlo–, creo que es una idea estupenda.

–Me alegra que pienses así.

Emily le devolvió la sonrisa al ver la primera sonrisa franca que había visto en la cara de Alessandro en todo el día. En aquel momento, sólo de una cosa estaba segura: no debería dejarla sola en su noche de bodas.

Capítulo 7

EL PADRE de Alessandro se incorporó sobre la cama para mirar a su hijo con incredulidad.

–¿Vienes a mis aposentos en medio de la noche para preguntar a un anciano como yo qué es lo que debes hacer con tu matrimonio? ¿Eres realmente mi hijo Alessandro? –dijo sacudiendo la cabeza–. Si no hubiera sido por ese estúpido contrato del que me has hablado, no estarías metido en semejante lío. ¿Cómo has podido hacer algo así, Alessandro? ¿Cómo has podido pensar que esta locura podría funcionar?

«Lo he hecho por ti, padre, sólo por ti», pensó Alessandro en silencio, quien, a pesar de todo, en lo más profundo de su corazón no se arrepentía de nada.

–Emily es una chica encantadora...

–Lo sé, padre, lo sé –exclamó Alessandro con impaciencia dando vueltas por la habitación como un león enjaulado–. No se parece a ninguna mujer que haya conocido antes –añadió moviendo la cabeza–. No ha mostrado ningún interés especial en las joyas que tiene derecho a lucir ni en la ropa de marca que le he comprado. Ella prefiere volcarse en la gente de nuestro país y en las pequeñas mejoras que puede hacer aquí, en el palacio, eso es lo que realmente le apasiona...

–¿Y te quejas, Alessandro?

–No, padre, no me quejo, simplemente tengo que aprender una forma nueva de tratar a esta mujer. Me siento como un adolescente embarcándose en su primer romance.

–Quizá éste sea tu primer romance –murmuró el anciano monarca.

–Ayúdame, papá. Dime qué debo hacer –dijo Alessandro antes de detenerse y mirar a su padre directamente a los ojos–. Tienes que ayudarme a no perderla.

–Sabes perfectamente lo que tienes que hacer –le dijo su padre con calma–. Tu corazón sabe lo que es correcto, Alessandro, y si quieres hacerme feliz, olvídate totalmente de esa tontería de contrato y haz que este matrimonio funcione, o pásate el resto de tu vida arrepintiéndote por no haberlo hecho. Tú decides.

Alessandro se quedó unos momentos pensativo.

–El monte Volere –murmuró para sí–. Debo llevarla al monte Volere, ¡al monte Volere, padre!

–Es un buen sitio para recargar las baterías del corazón.

Alessandro se relajó cuando vio a su padre sonreír.

–Creo que es una idea excelente –añadió el anciano con satisfacción.

–¿Cuánto tardarías en estar lista para irnos?

–¿Irnos? –dijo Emily sorprendida y todavía conmocionada por la presencia de Alessandro tan pronto por la mañana.

Alessandro llevaba puestos unos vaqueros negros, una camiseta negra ajustada y una chaqueta de cuero.

En aquel momento, ella ya era su esposa y parecía que su marido la necesitaba.

–¿Está todo bien? –preguntó ella alarmada–. ¿Le ha pasado algo a tu padre?

–Sí, no, no, todavía no... –exclamó él–. Mi padre está bien, no te preocupes.

Alessandro estaba nervioso y lleno de energía.

–¿Entonces...? –preguntó ella con curiosidad.

–¿Cuánto tardas?

–Mmm, no mucho –admitió Emily–. Me tengo que duchar y... ¿tengo que hacer una maleta? ¿Llevo algo conmigo?

–Puedes ducharte cuando lleguemos y puedes ir tal y como estás.

–¿En pijama?

–¿Por qué no?

–Porque sería un escándalo –dijo Emily cautelosa.

–Probablemente tengas razón –acordó él–. Entonces date prisa. Ponte unos vaqueros y vámonos.

Emily saltó de la cama y se puso unos pantalones azul marino y una camisa blanca de manga corta. La apariencia de una princesa nunca debía dar pie a cotilleos ni a especulaciones.

–¿Preparada? –dijo Alessandro ofreciéndole el brazo.

–Preparada –contestó ella aguantando la respiración mientras se acercaban a un flamante Ferrari rojo.

–Bien –murmuró Alessandro una vez que se hubieron montado en el coche. Entrecerró los ojos y se concentró en la carretera.

El palacio desapareció detrás de ellos. Él condujo en silencio hasta que dijo que pararían para almorzar en un pequeño pueblo en las montañas.

–Si queremos llegar al monte Volere antes de que anochezca, tenemos que irnos ya –dijo Alessandro después de una agradable comida y de dar un paseo por el pueblo.

–Ya no queda mucho –le informó él mientras recorrían una sinuosa carretera que terminaba en la cima de una montaña–. Cuando lleguemos arriba pararé el coche para que puedas ver una vista espectacular de Ferara.

–No hace falta que te molestes –murmuró ella educada.

–No, insisto –dijo él con firmeza.

Emily tuvo que admitir que él tenía razón respecto al paisaje. Cuando salió del coche y contempló aquel panorama, se sintió como un águila sobrevolando la montaña.

–¡Es increíble! –exclamó ella boquiabierta.

–Esta región de Ferara tiene muchas similitudes con los fiordos noruegos –dijo Alessandro–. No te acerques tanto al borde –le avisó aproximándose a ella.

Emily sonrió.

–Ya irás dándote cuenta de la inmensa variedad que hay en Ferara –le dijo Alessandro cuando regresaron al coche–, y espero que termines amándola tanto como yo la amo.

Mmm –murmuró Emily asintiendo con la cabeza.

Pero si lo que acababa de ver era una vista espectacular, el monte Volere era un lugar que cortaba la respiración. Situada en lo más alto de la montaña, descansaba una mansión de piedra rodeada de viñedos

–¿Por qué me has traído aquí? –preguntó Emily con curiosidad.

Alessandro se giró para mirarla y con una expresión divertida, le contestó:

–Descanso y diversión.

–No, ¿de verdad? –insistió Emily.

–De verdad –contestó él–. Pensé que necesitarías alejarte de todo durante unos días.

–¿Sola?

Pero Alessandro no la escuchó porque salió del coche.

–Te enseñaré tu habitación –dijo él por encima del hombro mientras se acercaban a la puerta principal de la casa.

¿Mi habitación?, pensó Emily decepcionada entrando en el vestíbulo.

El dormitorio que Alessandro le enseñó estaba decorado de una forma muy acogedora, con una gran variedad de cojines y alfombras de distintos colores. En una de las paredes había una enorme chimenea de piedra, pero como en aquella época del año no hacía falta que estuviera encendida, en su interior habían colocado un recipiente lleno de flores secas que daban una nota de alegría al conjunto. Un ventilador de largas aspas se movía perezoso en el techo.

–Si me necesitas, estaré en la habitación contigua –dijo Alessandro cerrando la puerta suavemente tras él.

De pronto, el monte Volere no era un lugar tan apetecible. Emily suspiró profundamente mientras recorría la habitación. ¿Aquello era la idea que tenía Alessandro de una luna de miel? Apretó los labios y decidió que no iba a deprimirse. No esperaría nada para no decepcionarse. Al menos la cama parecía muy cómoda...

Emily estaba tumbada en la cama, el ventilador se movía rítmicamente sobre su cabeza. Se había dado un baño relajante para asegurarse que dormiría tranquilamente, pero echó una ojeada al reloj y vio que eran las tres de la madrugada.

Miró hacía la puerta y sintió una necesidad irracional de abrirla. Se levantó de la cama y cruzó descalza la habitación sobre el frío suelo de azulejo, abrió la puerta ligeramente y volvió corriendo a la cama con el corazón latiendo de forma descontrolada.

Al cabo de un rato, Emily escuchó un sonido de pisadas. Tenía que ser Alessandro puesto que él mismo le había dicho que el personal que trabajaba en monte Volere no dormía allí, lo que significaba que estaban solos en aquella casa.

Acomodó la cabeza sobre la almohada y se humedeció los labios mientras escuchaba.

Al otro lado del pasillo, Alessandro que no podía dormir, se encontraba andando por la casa. Al cabo de un rato se dio cuenta de que la puerta del dormitorio de Emily estaba abierta. Se acordaba perfectamente de haberla cerrado cuando se había despedido de ella. De pronto una ola de preocupación se apoderó de él. Volvió a su cuarto y se apresuró a ponerse unos vaqueros y a salir del dormitorio dispuesto a investigar. Se apoyó sobre la pared que daba a la habitación de Emily y escuchó. No se oía nada. Pero para estar totalmente seguro de que ella se encontraba bien, Alessandro con mucho cuidado abrió un poco más la puerta y metió la cabeza en la habitación.

Emily tenía los sentidos en alerta. Notó el movimiento de la puerta, pero no vio ni oyó nada. Se humedeció los labios una vez más, cerró los ojos y se concentró en intentar respirar de una forma pausada y rítmica.

Emily, su esposa, pensó Alessandro viendo aquella silueta sobre la cama. ¿Era posible que Emily estuviera más guapa dormida que despierta? No, ella estaba siempre guapa, cuando sonreía, cuando se reía, cuando se enfadaba con él...

Su mirada se detuvo en la boca de Emily. Le invadió una tentación de acercarse y besar aquellos labios sensuales, pero no hizo nada. No podía aprovecharse de aquella puerta abierta; además, ella empezaba a confiar en él y no quería estropearlo todo asustándola. Suspiró, cerró la puerta del dormitorio de su esposa y volvió a su habitación.

El desayuno discurrió de forma tensa. Emily había decidido que dejaría de comportarse como una adolescente enamorada. Por otra parte, Alessandro parecía frío y distante aunque tan educado como siempre.

–Esto es muchísimo para mí –dijo Emily cuando vio el plato que Alessandro le había servido.

–Come –ordenó él impaciente–. Hoy necesitarás fuerzas.

–¿Fuerza? ¿Para qué? –exclamó Emily desconfiada.

–Tenemos un largo día por delante.

–¿Te refieres a un intenso día de actividad física? –preguntó ella pensando en que quizá harían montañismo.

–Mmm –confirmó Alessandro bruscamente. Los ojos le brillaban de forma peligrosa–. Te voy a enseñar a vendimiar.

–¿A vendimiar? –exclamó ella mientras le seguía la mirada hacia la ventana abierta por donde se podían ver los extensos viñedos.

Emily volvió a girar la cabeza y se lo quedó mirando fijamente. Se fijó en aquellos musculosos brazos y en aquel pecho robusto y fuerte.

–¿Qué? –dijo él–. ¿Qué estás mirando? –insistió incómodo.

Ella apartó los ojos rápidamente.

–Nada –contestó Emily como si nada–. Me encanta la idea.

–Bien.

–Me sorprende que esa forma de recolección sobreviva todavía –comentó ella.

–Casi todo se ha mecanizado hoy en día –apuntó Alessandro–, pero para los vinos más selectos solamente un ojo entrenado puede elegir las mejores uvas, por eso aquí vendimiamos las cepas a mano. Es un trabajo muy duro y debe hacerse sin demora para que las uvas no se estropeen.

–Entiendo –dijo ella asintiendo con la cabeza.

–¿De verdad? –murmuró él con ironía acercándose a ella.

–¿Pero no recogeréis a mano todas las uvas que hay ahí fuera?

–No, todas no. Las diferentes clases de uva requieren una vendimia distinta –le explicó él sin alejar el rostro de ella–. Cuando están todas recogidas se celebra una fiesta en el pueblo –Alessandro la tomó de las manos–. Entonces, ¿vendrás?

–Me encantaría –contestó ella. Quería conocer a su marido un poco mejor.

–Estupendo, pero primero tendrás que cambiarte de ropa.

–¿Quieres decir que es hoy, ahora mismo? Y ¿por qué no puedo ir así? Me estás tomando el pelo.

–¿Yo? –murmuró él divertido y provocador.

–Bueno, pues dime dónde puedo encontrar la ropa que necesito e iré a comprarla.

–Está bien, yo te llevaré.

–Gracias –contestó ella contenta.

–Podemos ir andando. La granja de Maria Felsina está a pocos minutos de aquí.

–¿Granja?

–Sí, ya la verás, pero rápido porque no tenemos todo el día –dijo tomándola del brazo.

Cuando llegaron a la puerta principal de aquella casita de campo, Alessandro se giró para mirar a Emily.

–No te preocupes, Maria te encontrará algo de ropa.

Emily hizo un esfuerzo por relajarse.

–Está bien.

La puerta se abrió y apareció una mujer bajita, pero bien proporcionada, y muy morena. Entrelazó las manos al ver a Alessandro y empezó a gritar de alegría.

–¡Alessandro! ¡*Piccolino*!

–Era mi niñera –le explicó a Emily en voz baja justo antes de abrazar y besar con cariño a aquella mujer.

Emily se los quedó mirando mientras ellos reían y hablaban en italiano durante un rato.

–Maria nos invita a pasar –dijo finalmente Alessandro girándose hacia Emily.

La señora Felsina asentía con la cabeza con entusiasmo mirando también hacia ella.

Entraron y Emily miró a su alrededor con curiosidad. Por las pequeñas ventanas entraba la luz natural, pero varias lamparitas de aceite iluminaban de forma suave la estancia. Le llegó el olor de algo delicioso que se estaba cocinando en el fogón y se fijó en las pequeñas macetas de terracota llenas de florecillas que había en los poyetes de las ventanas. Todo estaba ordenado y cuidado, era como un pequeño edén.

–Siéntese, princesa, siéntese –dijo la anciana con un fuerte acento italiano.

–Emily, por favor, llámeme Emily.

Algo en la voz de Emily hizo que la anciana frunciera el cejo.

–Alessandro –dijo–. Tu esposa no es feliz. ¿Qué sucede, Alessandro?

Emily se puso nerviosa, pero él no parecía afectado en absoluto; simplemente emitió un gruñido y la anciana sacudió la cabeza, luego se fue hacia una esquina y sirvió unos vasos con cerveza casera de jengibre.

–Deja que te ayude –le dijo Alessandro–. Siéntate, por favor, tata.

Emily observó cómo la anciana se apresuró a cumplir aquella orden.

–Hemos venido porque mi mujer necesita ropa –explicó él mirando a su vieja niñera–. Maria es la mejor modista de la zona –le aclaró a Emily–. Rápidamente encontrará algo perfecto para ti.

Maria se puso de pie e indicó a Emily que la siguiera hasta la habitación contigua. En aquel lugar había cientos de perchas colgadas llenas de ropa y, pegada a la pared, una antigua máquina de coser.

–Volveré cuando te hayas probado algo –dijo él antes de irse.

Maria le ofreció una amplia selección de faldas y blusas y Emily se sorprendió a sí misma eligiendo las más chillonas. La anciana sonrió ante su elección.

Al ponerse aquella blusa elástica, Emily se dio cuenta de que se le veían los tirantes del sujetador. La anciana se acercó y le bajó la blusa dejándole los hombros al descubierto y haciéndole indicaciones para que se quitara el sujetador. Emily se rió y en un principio, se negó, pero al final no le quedó más remedio que claudicar ante las exigencias de la anciana. Una vez quitado, Emily sonriendo tuvo que admitir que el resultado era bastante impresionante.

La anciana hizo un gesto indicando que faltaba algo. Se acercó a un viejo arcón que había en una esquina y sacó un par de sencillas sandalias.

–*Grazie* –dijo Emily sonriendo abiertamente mientras se las ponía. Eran increíblemente cómodas.

Finalmente Emily se recogió el pelo en una cola de caballo, pero Maria se acercó y lo soltó haciendo que cayera como una cascada sobre sus hombros. Se miró al espejo y casi no reconoció lo que vio reflejado. Estaba acostumbrada a la imagen de una mujer discreta, pero en aquel momento vio a una mujer de pechos marcados, con el pelo suelto sobre los hombros, con una falda que dejaba al descubierto unas piernas delgadas y bronceadas y con una mirada sugerente, llena de fantasías...

Emily dudó por un momento en salir así vestida; no sabía cómo reaccionaría su marido al verla. El silbido que escuchó hizo que se quedara congelada.

–Esto es todo un cambio.

Alessandro se dejó caer sobre el marco de la puerta.

–Estás estupenda –añadió asintiendo y mirando a Maria–. Deja aquí tu ropa, Emily, vendremos a por ella más tarde. Venga, vámonos, todo el mundo nos está esperando.

Y sin darse cuenta, Emily salió de aquella casa de la mano de Alessandro.

Capítulo 8

LLEGARON a un inmenso granero lleno de gente joven del pueblo. La luz era tenue y el ambiente estaba cargado. Alessandro empezó a saludar a todo el mundo, estrechando manos sin seguir ningún protocolo, su marido era como un hombre más del pueblo. La gente lo acogió con entusiasmo y naturalidad, pero se quedaron expectantes esperando a ver cómo reaccionaba ella. Emily, un poco avergonzada, retrocedió un paso, pero el apretón cariñoso que Alessandro le dio en el brazo hizo que ella sonriera educadamente.

–Gracias –le susurró Alessandro en el oído.

Ella se sintió feliz al ver que su reacción había complacido a su marido.

Él se quitó la camiseta y Emily se dio cuenta de que no era la única mujer que se había quedado mirándolo con la boca abierta. Se quitó los zapatos y se remangó los pantalones. Ella también se quitó las sandalias y se subió la falda.

Alessandro solamente llevaba puesto los pantalones. Su torso musculoso parecía estar hecho de bronce. Aquel cuerpo poseía una fuerza especial. Tomó a Emily de la mano y la condujo hasta la enorme tinaja que había al fondo del granero. Para acceder a su interior había que subir unos escalones.

–Yo te ayudaré –le murmuró Alessandro en lo alto de la escalinata.

Emily sintió que su cuerpo se encendía cuando notó aquellas enormes manos rodear su cintura. Cerró los ojos y se obligó a controlarse. Alessandro la introdujo en la tinaja y la depositó sobre una montaña de racimos de uvas.

Todos los miraron en silencio. Ella pudo sentir la suavidad de aquella fruta entre los dedos y cuando ella y Alessandro empezaron a exprimir las uvas con los pies, la gente rompió en aplausos, risas y vítores. Al parecer, aquello había sido la señal para que todo el pueblo se uniera a ellos. La tinaja se llenó de tal manera, que acabaron pegados los unos contra los otros.

El ambiente se llenó del perfume de las uvas. Había mucho ruido y mucha excitación entre los jóvenes. Todos estaban disfrutando de aquella fiesta y Emily se dio cuenta de que se estaba comportando como una más, moviendo las piernas rítmicamente mientras exprimía con los pies el jugo de las uvas, dejándose llevar por la magia del momento y sintiéndose segura al lado de Alessandro.

Al cabo de un rato comprobó que tenía la ropa empapada por la fruta y que, poco a poco, la gente empezaba a salirse de la tinaja. Finalmente todos salieron y solamente quedaron ellos dos dentro. Alessandro se apoyó en uno de los lados. Se quedó mirándola con tranquilidad. Emily sintió que hasta el aire que respiraban estaba impregnado de sensualidad. Empezó a temblar cuando él se acercó hasta ella, se quedó quieta cuando él la rodeó con los brazos y aguantó la respiración cuando la levantó y la sacó de la tinaja.

Salieron del granero por una puerta lateral y llegaron andando hasta un cobertizo que había enfrente. Él cerró la puerta tras ellos. Estaban solos, completamente aislados del mundo exterior. La tomó en brazos y subió unas escaleras hasta llegar a un entrepiso cubierto por una alfombra de paja limpia. La depositó en el suelo con cuidado y se acomodó a su lado. La miró fijamente a los ojos. En aquel momento, no había nada que los separase. Él estaba seguro de lo mucho que ella lo deseaba y no pudo esperar ni un segundo más.

Con cuidado, le retiró la blusa. Acercó la boca y bebió el zumo de uva que bañaba sus pechos. Primero se encontró con un suculento pezón, luego con el otro, mientras Emily hundía los dedos en la cabeza de Alessandro y le suplicaba que no se detuviera.

–No tengo ninguna intención de hacerlo, *cara*

mia –murmuró Alessandro agarrándola firmemente contra él–. No, hasta que me haya bebido la última gota de zumo que hay en tu piel.

Emily notó que su placer aumentaba cuando vio cómo reaccionaba su cuerpo. Sus respiraciones empezaron a ser entrecortadas.

Él deslizó las manos por debajo de su falda y se la quitó. Se puso de rodillas a su lado, alargó los brazos y tomando su cara con las manos, la besó despacio y profundamente.

–No tengas miedo –murmuró él quitándose los pantalones.

Emily soltó un gemido involuntario y apartó la mirada. No estaba preparada para ver a Alessandro totalmente desnudo y excitado.

–No –gimió ella.

–¿No? –exclamó él mientras le acariciaba el pecho. Tomó un pezón con los dedos y lo apretó ligeramente. Alzó la mirada y sonrió–. ¿Estás segura, Emily?

La única respuesta posible fue un gemido, entonces Alessandro dejó de acariciarle el pezón con la mano para hacerlo con la boca.

–¿Quieres que me detenga?

–No –gimió ella arqueando la espalda. Estaba segura de que sería un amante excelente.

–Entonces, ¿ahora no tienes miedo de mí? –dijo mordisqueándola con delicadeza.

–¿Miedo? –murmuró Emily apartando la cara

para que no se diera cuenta de lo mucho que lo deseaba.

–No tienes por qué avergonzarte, muchas mujeres se reservan para sus esposos.

–No me tomes el pelo.

–No lo hago –le aseguró Alessandro mientras la acariciaba por todo el cuerpo.

–No tengo mucha experiencia –admitió Emily moviéndose sinuosamente contra él–, aunque tengo veintiocho años –añadió provocativamente.

–¿Tantos? –dijo besándola en el pecho.

Emily soltó un gemido mientras él la succionaba un pezón y con la mano le acariciaba el otro. Sabía perfectamente cómo excitarla y conseguir que perdiera la cabeza.

–Creo que sé lo que necesitas –le dijo mirándola fijamente.

–Alessandro... –murmuró acomodándose bajo él.

Él le separó las piernas y Emily sintió su respiración en el cuello.

–Alessandro –murmuró ella acariciando su boca con los dedos–, no me hagas daño.

–Nunca lo haría...

–No me refiero a eso, quiero decir que no hagas nada al menos que...

–¿Qué? –dijo besándola la palma de la mano–. Dime, Emily –insistió suavemente.

–Sé que esto es solamente un matrimonio de conveniencia...

Él se la quedó mirando fijamente.

–¿Es eso todo lo que es para ti, Emily?

–¿Qué es para ti?

–Nuestro matrimonio será lo que elijamos que sea –dijo besándola en los dedos–. Nunca te haría daño de forma intencionada.

Una emoción indescriptible se apoderó de ella cuando él la besó en la boca. Sus manos la acariciaban sensualmente. Pellizcaba sus pezones suavemente, mirando con satisfacción cómo gemía de placer bajo él.

Ella le acarició el pelo mientras saboreaba su boca y su lengua. Se había convertido en una esclava de sus propias sensaciones. Alessandro la había elevado a un estado de excitación tal, que ella no podía esperar más a que la poseyera. Ella separó los muslos y él la incitó a que los levantara para él. A Alessandro le brillaban los ojos de satisfacción, mientras sujetaba con una mano los brazos de Emily por encima de su cabeza y con la otra, la acariciaba el contorno húmedo de entre las piernas. En aquel momento, lo único importante para Emily era aquella pequeña zona de su cuerpo: estaba experimentando la sensación más intensa de su vida. Alessandro supo lo mucho que ella estaba disfrutando y murmurándole al oído frases en su propio idioma, deslizó la punta de los dedos hasta el centro mismo de su excitación. Ella se estremecía desnuda bajo él, olvidándose de todo menos del deseo que sentía. Cuando él hundió los dedos entre sus labios húmedos y empezó a acariciarle aquella zona, ella gritó, suplicándole que la poseyera, pero él no tenía prisa; solamente la tentó con la punta de su erección, retirándose justo cuando ella pensaba que iba a penetrarla. Pero cuando finalmente Alessandro se introdujo en su interior, sus movimientos empezaron a ser cada vez más rítmicos y rápidos. Agarrándola firmemente, Alessandro murmuró su nombre mientras se convulsionaba de placer.

¿Habría algo que sacudiera sus sentidos de una forma más fuerte que aquello?, pensó Alessandro mientras saboreaba la sensación de tener a Emily agitándose de placer bajo él.

Solamente una cosa: ver a su preciosa esposa abrazar a su hijo recién nacido.

–No sé si me van a gustar –protestó Emily mientras Alessandro le ofrecía un racimo de uvas.

–Te lo prometo, Emily, nunca has probado algo parecido.

Era muy difícil resistirse a él, más bien imposible. Sonrió mientras tomaba la fruta y se la acercaba a la boca. Incluso un gesto tan inocente como aquél estaba lleno de significado erótico para ellos. Parecía que vivían en un estado de excitación permanente.

Después de haberla poseído el día de la vendimia, Alessandro la había introducido en un mundo de amor físico que hacía que Emily lo deseara a cada instante, a cada momento, incluso se despertaban en medio de la noche para hacer el amor de nuevo.

–¿Y bien? –preguntó él suavemente.

Emily emitió un sonido de aprobación.

–Es la segunda cosa más deliciosa que he puesto en mi boca –admitió mirándolo fijamente.

Alessandro echó la cabeza hacia atrás y soltó una sonora carcajada.

–Pues espera a probar el vino –murmuró provocativamente.

–Aun así, no cambiaré de opinión –prometió Emily.

–Pero mi vino contiene la esencia de la vida –apuntó Alessandro riéndose–. Ya sabrás a qué me refiero cuando lo bebas.

Más tarde Emily se dio cuenta de que no bromeaba mientras lo veía seleccionar una botella en una estantería de la cocina.

Se sorprendió al verlo moverse por aquella cocina con tanta familiaridad, parecía que estuviese muy acostumbrado a cocinar.

–¿Quién te ha enseñado a hacer esto? –preguntó ella suavemente agarrándolo por la cintura mientras él le daba la vuelta a una tortilla.

Ella apoyó el rostro contra su espalda musculosa, aspirando aquel perfume masculino que desprendía su cuerpo. Estar así con él era maravilloso.

–Maria Felsina –dijo él tomando la botella de aceite de oliva–, antes de convertirse en una conocida modista de trajes regionales, vivía con nosotros. Era la que se ocupaba de mí, aquí en monte Volere. En este lugar me relajo y puedo ser yo mismo.

–Ya veo –dijo ella–. Incluso la gente del pueblo te acepta como a uno más de aquí.

–Yo soy uno de ellos –apuntó Alessandro–. Para todos Ferara es nuestro hogar.

–¿Viste mucho a tus padres cuando eras un niño?

–Mis padres estaban muy ocupados con las cosas de la corte.

–Espero que tú encuentres suficiente tiempo para estar con tus hijos... –Emily se detuvo sin dar crédito a sus oídos. Ella no tenía planeado tener hijos y estaba segura de que Alessandro sentía lo mismo. Notó que el rostro se le encendía–, quiero decir, cuando decidas tener hijos en el futuro... –añadió nerviosa.

Alessandro vio el pánico en los ojos de su mujer y sonrió.

–No me mires así, Emily –murmuró él abrazándola–. No has dicho nada malo –añadió mirándola fijamente–. Tarde o temprano tendré muchos hijos junto a la mujer adecuada.

Alessandro reprimió la necesidad que sentía de contarle a Emily el último requisito de su padre antes de abdicar definitivamente. Aquel momento no era el adecuado. Su amor era todavía un frágil lazo entre ellos. No sabía cómo reaccionaría ella al saberlo; además, pronto tendría que marcharse a atender importantes reuniones de negocios y quería contárselo con tranquilidad y permanecer a su lado para reconfortarla.

–¿Alessandro? –exclamó ella separándose de él. ¿Significaba aquello que buscaría a una mujer adecuada para tener hijos y gobernar Ferara junto a ella?

–Desearía no tener que marcharme –dijo él seriamente–, pero como ya irás descubriendo, Emily, los grandes privilegios vienen acompañados de grandes responsabilidades. Sabes que no me separaría de ti si no fuese estrictamente necesario.

Alessandro la miró a los ojos y vio incertidumbre en ellos.

–¡Déjalo ya, Emily! –le dijo enfurecido–. Cuando sea padre estaré con mis hijos. Pasaré el mismo tiempo con ellos que cualquier otro padre.

–Te creo.

–Eso está mejor –exclamó él–. No soporto verte apenada. Después de comer te sentirás mejor.

Las cosas no eran así de fáciles, pensó ella mientras servía dos vasos de vino y Alessandro servía un trozo de deliciosa tortilla con ensalada en un plato para ella.

–Me tienes que prometer que vas a dejar de preocuparte –insistió él al otro lado de la mesa–. Todo va a salir bien, *cara mia*, pero... ¿qué te pasa?

Emily se lo había quedado mirando fijamente. La idea de otra mujer viviendo al lado de Alessandro y criando a sus hijos era insoportable.

–Te aseguro –añadió él con suavidad–, que todo va a salir bien y esto es una promesa.

–Bien –contestó ella, dando la conversación por terminada.

Tenía que aceptar que en algún momento su contrato con Alessandro terminaría. Él necesitaba una esposa adecuada para gobernar su país. Era demasiado tarde para arrepentirse, no podía ya retroceder en el tiempo y la verdad era que se había enamorado de su marido, profunda y apasionadamente.

Capítulo 9

PARECÍA que no había pasado el tiempo desde que habían llegado al monte Volere y ya estaban de de vuelta. Emily sentía que sus peores presentimientos iban a cumplirse. Alessandro le había asegurado que se ausentaría un par de semanas como mucho, pero ella estaba segura de que sería más tiempo.

Prácticamente nada más llegar al palacio, Alessandro dijo que era el momento de irse. Ella esperó en su viejo dormitorio a que él fuera a despedirse.

–Emily, lo siento mucho.

Ella dio un respingo cuando él apareció de pronto en la habitación. La tomó de las manos y las besó.

–Perdóname, *cara* esposa...

–¿Cuestiones de Estado? –dijo Emily suavemente forzando una sonrisa.

Él le devolvió la sonrisa.

–Odio esto –murmuró acercándose más a ella.

–¿El qué? ¿Yo? –preguntó cariñosa mirándolo fijamente a los ojos.

–Todo menos tú –le susurró al oído indicando que se sentaran en el sofá.

–Se te va a hacer tarde –le recordó Emily.

–Bueno, pues por una vez llegaré tarde, nunca lo hago –dijo y la miró cariñosamente–. Esto es especial.

–¿El qué lo es? –preguntó ella con curiosidad.

–Tú –dijo con voz ronca y apartándole un mechón de pelo de la cara–. Por ti dejaría al resto del mundo esperando, te quiero. Te quiero más que a mi vida, Emily. Perdóname por dejarte, pero por mucho que tú me eches de menos, yo te echaré de menos más a ti.

–Y yo te quiero más de lo que nunca pensé que fuera posible querer a otra persona –susurró ella–. Nunca he confiado plenamente en alguien, tú eres mi vida ahora.

Llevándose sus manos a los labios, Alessandro las besó con pasión.

–Y para siempre, Emily –afirmó él mirándola fijamente–. Tengo algo para ti.

Ella lo miró divertida.

–¿Una corona? –bromeó Emily.

–No –contestó encogiéndose de hombros . Podría conseguirte una, pero pensé que no te gustaban ese tipo de cosas.

Alessandro se metió la mano dentro del bolsillo de la chaqueta y sacó un libro de poesía.

–Christopher Marlowe –le dijo suavemente–. ¿Te gusta?

–Me encanta –respondió Emily con sinceridad. No podía haberle dado algo que le gustase más–. Es precioso y muy especial.

–Esperaba que dijeras eso –dijo dándole un beso en los labios–, porque quiero que lo leas cada día que esté fuera y así sabrás lo mucho que te quiero. Ahora...

–Tienes que irte –exclamó Emily intentando no llorar.

–Pronto –afirmó él.

–Lo siento, Alessandro, pero me siento...

–¿Cómo? –preguntó él suavemente–. Emily, háblame.

–Una vez que se hayan cumplido los términos de nuestro contrato... –tuvo que detenerse porque era incapaz de seguir hablando.

–Sigue, no puedes parar ahora.

–¿Hay otra mujer esperándote? –susurró en voz muy baja.

–¿Esperándome? ¡Pero si la única mujer que quiero está sentada a mi lado!

–Entonces, ¿realmente me amas?

Alessandro arqueó las cejas mientras la miraba fijamente.

–Por supuesto –dijo suspirando.

Cuando la abrazó, Emily volvió a sentirse segura. Era como si todos sus miedos se hubieran desvanecido de repente.

–Te quiero –dijo ella contra los labios de Alessandro–. No sé cómo voy a vivir sin ti.

–No tienes por qué vivir sin mí, *mio tesoro*.

–¿Me lo prometes?

–Te lo prometo –afirmó levantándose–. Te llevaría conmigo, pero...

–Estaré bien, vete –le dijo sonriendo–, antes de que cambies de opinión.

–Ya lo he hecho.

–Pero vas a llegar tarde –murmuró ella sin mucha convicción mientras él la abrazaba.

–Uno de los privilegios de ser un príncipe es que yo decido mi agenda –comentó besándola en el cuello–, y hay algo que no puede esperar...

–¿Aquí? –susurró ella notado que el corazón se le aceleraba.

Alessandro sacó el teléfono móvil de su chaqueta.

–Atrasa nuestro vuelo –ordenó directamente–. Tengo que retrasarme por fuerza.

Desde que se había ido Alessandro, Emily se había concentrado en mejorar los aposentos de su suegro. Habían pasado muy pocos días, pero ella había conseguido transformarlos en un lugar acogedor.

–Has hecho demasiadas cosas por mí –dijo el anciano un día que estaban charlando.

Ella se dispuso a contestarle, pero se puso una mano en la frente porque se sentía mareada.

–¿Te encuentras bien? Estás pálida.

–No te preocupes –contestó ella pestañeando. En su vida se había desmayado o vomitado, pero en aquel momento sintió que haría ambas cosas.

–Lo siento, pero creo que voy a... –Emily se puso una mano en la boca y salió corriendo en dirección al cuarto de baño.

Llegó justo a tiempo. Luego, se refrescó la cara con agua fría, se echó hacia atrás y se miró al espejo. No era tonta y sabía lo que pasaba: estaba embarazada. El único problema era soportar y esperar hasta que viniera Alessandro.

–¿Te encuentras bien?

–Sí, estoy bien –contestó ella secándose la cara rápidamente con una toalla–. Ahora mismo salgo.

–Bueno, pero tienes que descansar teniendo en cuenta tu estado.

–¿Mi estado? –exclamó saliendo el baño.

–Ya sabes –dijo él indicándole una silla–. Lo único que me sorprende es que mi hijo no me haya avisado todavía.

–¿Avisarte? ¿Avisarte de qué?

El anciano se quedó en silencio unos segundos con cara de preocupación.

–¿Quieres decir que él no sabe nada?

–¿De que estoy embarazada? –dijo Emily con una tímida sonrisa–. No, Alessandro todavía no sabe nada sobre nuestro bebé. Yo misma me acabo de enterar, pero se lo contaré tan pronto como regrese.

–Él debería de haber sido el primero.

–Estas cosas pasan –contestó Emily sonriendo y encogiéndose de hombros.

–Pronto estará aquí, voy a enviar un menaje que lo haga regresar de inmediato.

–¿Puedes hacerlo? –dudó Emily.

–Por supuesto, y tan pronto como Alessandro sepa lo del bebé, hará un comunicado oficial.

–¿No es un poco pronto para confirmar la noticia? –preguntó ella preocupada.

–Perdona mi entusiasmo, pero celebraré al mismo tiempo la venida de mi primer nieto y el principio de mi libertad.

–¿Mi libertad? ¿Qué quieres decir?

Quiero ser libre, libre para poder concentrarme en mis rosas –explicó el anciano–. Ahora que estás esperando un heredero puedo abdicar formalmente. Perdona, Emily, tengo tantas ganas de renunciar y abdicar en Alessandro, que no puedo pensar con claridad.

–¿Qué significa eso de hacer oficial mi embarazo... para que tú puedas abdicar? –preguntó Emily con cautela.

–Alessandro te ha debido explicar...

–Por supuesto –le cortó rápidamente–, pero siempre es bueno oírlo otra vez. Tengo tanto que aprender sobre mi nuevo país.

–Bueno, como sabes –empezó a decir él intentando mantener la compostura–, la primera condición era que mi hijo se casase antes de que yo considerase abdicar.

–Considerases... –murmuró Emily.

–Correcto. Por supuesto, el matrimonio era el primer paso y el anuncio de tu embarazo... el nacimiento de tu hijo, el heredero de Alessandro... Es lo que requiere la arcaica legislación de mi país antes de que pueda abdicar en su favor. Nunca lo mencioné antes... por delicadeza –le explicó gentilmente–. Sé que no se pueden forzar esas cosas.

«¡Ah, no se puede», pensó Emily sintiendo cómo se le partía el corazón en mil pedazos.

–No –afirmó ella secamente–, eso es verdad.

–Pero ahora con estas maravillosas noticias... maravillosas para todos nosotros –dijo él abriendo sus brazos para abrazarla–. Emily, ven aquí, déjame agradecerte por este regalo de vida.

Como un autómata, Emily aceptó el abrazo del anciano monarca e incluso consiguió devolverle el beso.

No ha hecho nada malo, pensó ella. No podía

echarle la culpa al padre de Alessandro por el *descuido* de su hijo...

Descuido, pensó Emily incrédula, al cabo de un rato sola en su cuarto. Aún no se había trasladado a los aposentos de Alessandro y ya estaba embarazada de su hijo. Todo lo que parecía que se había construido sobre unos sólidos cimientos, estaba basado en mentiras. Solamente quedaba una cosa por hacer y no incluía seguir ni un minuto más en Ferara.

Tomó el teléfono y llamó al móvil de su hermana.

–¿Qué quieres decir con que se ha ido? –dijo angustiado el anciano mirando a su hijo–. Le dije que te lo dijera.

–¿Decirme el qué? –preguntó Alessandro alterado–. Lo siento, padre –añadió decepcionado consigo mismo–. Esto no es culpa tuya. Si me hubiera llevado a Emily conmigo nada de esto habría ocurrido.

–Creo que es más complicado que eso –dijo el anciano monarca.

–¿Qué quieres decir?

–Lo siento, Alessandro, no te lo puedo decir –se excusó mientras le daba una cariñosa palmada en el hombro.

–¿Qué no puedes decirme? –explotó Alessandro–. ¿Qué es lo que no puedes decirme sobre mi mujer? ¿Que me ha sido infiel?

–No –exclamó con rabia el anciano–. No lo ha sido.

–Entonces, ¿qué? –preguntó Alessandro enfadado–. ¿Por qué otra razón me abandonaría?

–La dejaste... aquí... sola –le recordó su padre–. Una extranjera en nuestro país, joven y vulnerable. Estaba sola.

–Teníamos un acuerdo –dijo Alessandro amargamente.

–¿Un acuerdo? –exclamó incrédulo su padre–. Si esto es lo que piensas de tu matrimonio, Alessandro, quizá Emily hizo bien en marcharse.

–¿Que hizo bien? Ella es mi mujer –espetó Alessandro–. Y te guste o no, padre, teníamos un acuerdo.

–No me hables de acuerdos, Alessandro –le avisó su padre–. Mi felicidad no dependerá ni de Emily ni de ti –añadió viendo la expresión de su hijo transformarse de furia en tormento.

Alessandro apretó los dientes furioso e impotente, se dio la vuelta y se puso a mirar por la ventana.

–Entonces, ¿dónde está ella?

–Me imagino que en algún sitio donde la aprecien –le dijo su padre.

–Y ¿dónde es eso? –preguntó Alessandro dándose la vuelta y mirándolo fijamente.

–Voy a dejar que lo averigües tú solo, pero no tardes mucho, Alessandro, no vaya a ser que se te escape.

–Si realmente ella se quiere marchar, no hay nada que yo pueda hacer para detenerla, pero como haya la más mínima posibilidad...

–Estás perdiendo un tiempo precioso.

Alessandro asintió ligeramente, dio un abrazo a su padre y se marchó a sus habitaciones. Haría una pequeña maleta y llamaría al aeropuerto para salir aquel mismo día hacia Londres.

–Tengo algo para ti, Emily, algo que creo que te va a gustar. Tus clientes tienen un buen respaldo económico y podrán hacer frente a las acusaciones.

–Estupendo –contestó ella agradecida.

–Tus clientes están de acuerdo con reunirse contigo hoy por la mañana.

–Bien, dame todo lo que tenemos y queda con ellos. ¡Ah! ¿Billy?

–¿Sí?

–No me pases llamadas personales, di que no me puedo poner.

–Conforme.

Miranda había sido quien había sugerido que Emily volviera al trabajo. Las hermanas estaban más unidas que nunca y Emily sabía que necesitaba aquella ayuda para superar aquellos momentos tan difíciles.

La reunión con sus clientes había salido muy bien. Era un caso muy interesante y Emily tenía que leer muchos documentos. Perdió la concentración cuando llamaron a la puerta de su despacho. Solamente podría ser una persona.

–Perdona que te moleste –dijo Billy–. Pero pensé que te gustaría saber que tienes una llamada.

–¿De quién?

–De tu hermana.

–¡Oh! –exclamó Emily con preocupación–. Me la puedes pasar, por favor.

–Línea uno –contestó Billy cerrando la puerta tras él.

–¿Miranda?

–No quería molestarte, Em. Sé que estás muy ocupada, pero creo que deberías saber que...

–No tienes por qué disculparte.

–Alessandro está en la ciudad, quiere verte. No he sabido qué decirle.

El corazón de Emily se detuvo unos instantes.

–Pero, ¿se lo has dicho?

–¿Dónde estabas? No. He preferido esperar a comentártelo primero, pero ¿Emily? –dijo Miranda con angustia.

–¿Sí?

–Creo que deberías verlo, al menos darle una oportunidad para que se explique.

–No sé.

–Por favor, Em. Si hablases con él y escuchases lo preocupado que parece estar, no serías tan dura con él.

Se hizo un silencio, hasta que finalmente Emily habló suavemente.

–No puedo estar huyendo de él para siempre, ¿verdad?

Emily salió de los juzgados rápidamente. Como llevaba un montón de papeles no pudo ver la alta figura que la esperaba al final de la escalinata de mármol hasta que una mano la tomó del brazo y la detuvo.

–Emily, ¿podemos hablar?

Su mente se paralizó. Aunque sabía que Alessandro terminaría encontrándola, era incapaz de soportar el hecho de volverlo a ver, y no supo cómo reaccionar.

–Alessandro, no esperaba verte aquí.

¿Por qué estaba mintiendo? Emily se mordió el labio. Todo su sentido común, su frialdad y su calma parecía que la habían abandonado.

Recordó que aquel hombre le había mentido y que la había utilizado para conseguir un heredero para su país. Emily respiraba con dificultad, era incapaz de alzar los ojos y mirarlo a la cara, pero no hacía falta. Podía sentirlo y olerlo sin necesidad de usar los ojos.

–Emily, por favor. ¿No vas a hablar nunca conmigo?

Ella no sobreviviría si él le volvía a hacer daño.

–Estoy con un caso muy complicado...

–Lo sé. Siento interrumpirte en el trabajo, pero en tu teléfono siempre salta el contestador automático.

–No tengo mucho tiempo...

–Como ya te he dicho, siento mucho molestarte en el trabajo, pero no se me ocurre otra forma de hablar contigo.

Aquella situación era un absoluto caos. Dejando a un lado sus sentimientos, Emily pensó en el concierto de Nueva York en el que Miranda tocaría como solista en el año nuevo, concierto al que iría con el violín que le compró Alessandro.

–Emily –su voz era ronca y consiguió su total atención–. Tengo que hablar contigo –insistió–, pero no quiero hacerlo aquí; así no, por favor.

La cara de Emily se ruborizó cuando finalmente lo miró a los ojos. Nunca pensó que lo vería tan angustiado y desesperado.

–Sé que te he fallado... –siguió diciendo él.

Ella tenía que escuchar su explicación.

–Me siento como si no te conociera –murmuró ella con sinceridad.

–Lo único que sé es que te he hecho daño, Emily, y no puedo permitir que esto termine así. No puedo seguir viviendo sin tu perdón.

«Mi perdón... mi perdón», pensó Emily.

–¿Por qué no quedamos para cenar? ¿En mi hotel a las ocho en punto?

–Está bien.

–¿Te mando un coche para que te recoja?

Emily necesitaba tiempo para pensar, para preparar las palabras que usaría para decirle lo de su bebé.

–No, no hace falta.

Emily se quedó quieta viendo cómo Alessandro se daba la vuelta y se marchaba.

Sólo cuando desapareció de su vista, Emily empezó a caminar hacia la salida. Todavía era su marido y, a pesar de todo, aún lo quería.

Había luchado duramente en los juzgados, ¿no merecería la pena luchar con la misma dureza por salvar su matrimonio?

La puerta de la suite de Alessandro se abrió antes de que Emily tuviera la oportunidad de llamar.

Un mayordomo la invitó a pasar. Ella lo hizo, se quitó el abrigo y la bufanda y lo dejó sobre una silla.

–¿Cómo estás, Alessandro? –dijo ella al verlo. Estaba impresionante. Llevaba puesto unos pantalones negros y un jersey de cuello vuelto del mismo color.

–¿Cómo estoy? –exclamó él mirándola fijamente–. Ésa es una pregunta interesante teniendo en cuenta que procede de ti, Emily.

Alessandro se acercó hasta la silla, tomó el abrigo y la bufanda de Emily y lo metió en un armario cercano.

–Aparentemente, yo soy una especie de monstruo horrible –continuó él diciendo–, desde que mi esposa me ha abandonado sin decir ni una palabra al respecto.

Capítulo 10

LA EXPRESIÓN en los ojos de su marido atemorizaron a Emily. Era como si toda la frustración y furia que sentía se hubieran concentrado en su mirada. Ella respiró profundamente intentando encontrar las palabras que con tanto cuidado había pensado en el taxi. Pero estaba demasiado dolida como para hablar.

Pareció que había pasado toda una eternidad hasta que ella fue capaz de pronunciar una palabra.

–He hablado con tu padre.

–¿Y?

Nunca lo había visto tan frío, con aquellos modales tan rudos. Emily tuvo que tomarse unos segundos para respirar profundamente e intentar relajarse antes de seguir hablando.

–Él me dijo...

–¿Qué te dijo? –la cortó Alessandro bruscamente. Estaba enfadado, pero lo último que quería era asustarla. Nadie sabía mejor que él que el resto de su vida dependería de lo que sucediera entre ellos en aquella suite–. Continúa –añadió intentando hacer un esfuerzo por suavizar la voz.

–Algo que tu padre pensaba que yo ya sabía... algo que creía que tú ya me habías dicho –empezó a explicar con calma–. Me dijo que él no podría abdicar hasta que tú... hasta que yo tuviera un hijo tuyo.

La cara de Alessandro se puso blanca. En sus ojos se reflejó dolor, culpa y, finalmente, miedo, mucho miedo.

–Pensé que te había perdido –apuntó él muy suavemente–. No dije nada porque creí que eran demasiadas cosas de una sola vez para que tú aceptases. Nunca hubieras accedido...

–En eso tienes razón –afirmó Emily con la voz temblorosa de emoción–. Nunca hubiera pactado la vida de un bebé, ni siquiera por la felicidad de mi hermana –Emily hizo una pausa, no podía respirar–. Pensé que me querías –lo acusó.

Alessandro se acercó, la tomó de la barbilla y la obligó a mirarlo.

–¿Es que no entiendes nada, Emily? Yo te quiero, más de lo que te imaginas. ¡No! Mírame –insistió él cuando ella intentó apartar la mirada–. Te quiero –repitió con fuerza–. Te he querido desde el primer momento en que te vi. Supongo que no crees en el amor a primera vista; yo tampoco hasta que te conocí –dijo sacudiendo la cabeza y apartándose. Era como si no pudiera soportar tantas emociones–. Tenía miedo de perderte si te decía la verdad. Ahora me doy cuenta de que estaba equivocado. Pero si no aceptas mis disculpas, entonces no sé qué podré hacer, qué haré sin ti...

–¿Cuándo pensabas decírmelo? –preguntó ella tensa mientras él se apartaba.

–Si te hubieras quedado embarazada, no habría tenido la necesidad de decírtelo –admitió él soltando una ligera risa.

–¿Y si no me hubiera quedado embarazada? –Emily estaba escogiendo sus palabras con mucho cuidado. Todavía no sabía cómo iba a enfrentarse a él–. ¿Cuándo me lo habrías dicho?

–No estoy seguro –admitió Alessandro–. Tenía pensado esperar un poco más de tiempo, para que confiases totalmente en mí.

–Ya veo.

–No, no lo ves –dijo él agarrándola por los brazos–. Me he equivocado, ahora puedo verlo. Debería habértelo dicho desde un principio. Necesito que me perdones, Emily. Necesito que aceptes mis disculpas para que así intente reconstruir todo lo que he destrozado, tarde el tiempo que tarde, ¿Emily?

Cuando le contase lo del bebé, ¿qué pensaría él de ella? Alessandro estaba siendo muy honesto y muy franco pidiéndole perdón, mientras ella se guardaba un secreto importantísimo. En vez de ayudar, Emily estaba empeorando aún más las cosas.

–Esto no es fácil para ti –siguió diciendo él–. Necesitas tiempo para pensar. Te voy a llevar a casa. No, insisto –añadió tomándola de las manos–. Y cuando estés preparada...

–No –contestó Emily rápidamente–, se suponía que esto no iba a suceder. No quiero que me lleves a ningún sitio –tenía que decírselo, sin importarle las consecuencias–. No hace falta que te disculpes. Los dos hemos tenido la culpa. No hemos tenido la oportunidad de conocernos mejor.

–Escúchate a ti misma –dijo él–. No hay excusa para mi comportamiento –dijo él secamente–. Voy a por tu abrigo.

–No, Alessandro, espera...

Pero él ya estaba de vuelta con el abrigo.

–Te voy a llevar a tu casa, Emily. Ya te he disgustado lo suficiente por una noche. No quiero discutir más.

Pero su hogar estaba en Ferara, pensó Emily mientras se acercaba hasta la puerta. En Ferara con Alessandro...

–No quiero presionarte –dijo Alessandro en la puerta del apartamento de Emily–. Ya te he hecho pasar por demasiado. Si vuelves conmigo, será para siempre; por lo tanto, quiero que estés segura.

–Nunca nos imaginamos que terminaríamos así

–susurró Emily mientras le daba un beso en cada mejilla.

–Nunca nos imaginamos que nos enamoraríamos –contestó él suavemente sonriendo mientras ella cerraba la puerta.

Emily se pasó toda la noche dando vueltas en la cama sin lograr conciliar el sueño. Finalmente se levantó, cruzó su dormitorio y salió a la terraza.

Nunca hubiera pensado que su encuentro con Alessandro saliera tan mal. Que no tuviera la fuerza suficiente como para exponer su punto de vista. Estaba avergonzada por haberse derrumbado de aquella forma. Si Miranda hubiera estado en casa, habría hablado del tema con ella. Pero su hermana ya se había embarcado en una gira por varias provincias americanas que anticipaba su debut en la capital.

Se envolvió en una manta y se quedó contemplando la vista del río. Deseaba que las cosas se hubieran desarrollado de forma diferente.

De pronto, reconoció el sonido inconfundible de su ordenador portátil que indicaba que acababa de recibir un correo electrónico. Miró al reloj extrañada, eran las cuatro y media de la madrugada.

Sintió curiosidad y se acercó hasta el salón donde estaba su ordenador. Se inclinó sobre el escritorio y utilizando el ratón abrió la ventana del correo.

Tengo una reunión importante, tengo que partir mañana por la mañana sin falta. Piensa sobre tu regreso a Ferara y házmelo saber lo antes posible. Alessandro.

Su corazón se encogió ligeramente. Alessandro estaba despierto y pensando en ella. Volvió a leer el mensaje. Ella no podía irse de Londres, tenía un caso abierto en los tribunales de un cliente muy importante.

Estiró las manos y se dispuso a contestarle.

No puedo tomar una decisión así todavía. Yo también tengo muchas cosas que hacer.

Esperó nerviosa mirando la pantalla de su ordenador fijamente. La respuesta de Alessandro llegó inmediatamente.

Entiendo que necesites más tiempo.

Frunciendo el ceño, Emily se acomodó en su silla.

El caso en el que ahora estoy trabajando es muy complicado.

Emily pensó unos momentos antes de mandar aquel mensaje. No quería que la malinterpretase; realmente tenía muchas cosas que hacer. Su respuesta no se hizo esperar.

¿Cuándo terminarás con tu caso?

Es difícil de decir. Supongo que en dos semanas como mucho.

¿Antes de las vacaciones?

Espero que sí.

Te mandaré mi jet privado.

No hace falta.

¿Es eso un sí?

Ella dudó unos instantes.

Sí.

Entonces, te mandaré mi jet.

Ella esperó un rato, pero aquél fue el último mensaje de Alessandro.

Volver a verlo era el único regalo que tenía en su lista de Navidades.

Un desafortunado contratiempo ha retrasado mi caso, va a ser imposible que nos veamos en Navidades. Lo siento.

Emily.

* * *

Alessandro resopló lleno de frustración cuando leyó el mensaje de Emily. Esperó unos minutos para ordenar su cabeza y su corazón.

¿Cuál es el problema?

Sentada en su despacho y rodeada de papeles, Emily se tocó la frente y se concentró en la pantalla. Se sentía mareada a causa del embarazo y aquel caso estaba siendo muy complicado. No terminaría antes de las vacaciones y tenía que explicárselo a Alessandro.

Mis clientes ya no tienen dinero para continuar y yo no puedo abandonarlos. Mientras buscan financiación todo se ha pospuesto. Lo siento, espero que pases unas buenas Navidades. Saluda a tu padre de mi parte.
Emily.

Alessandro contestó rápidamente.

Lo haré, pero mi padre está en Sudáfrica disfrutando de las rosas.
Alessandro.

Al cabo de unos días, Emily se encontraba con sus clientes en su despacho brindando con una botella de champán por su triunfo en los tribunales.

Ella no probó ni una gota: ya estaba en su cuarto mes de embarazo.

Cuando volvió a casa se apresuró a escribir a Alessandro, pero parecía que él se había adelantado.

Buenas noticias, ¿sabes esquiar?

Ella dio un salto sobre la silla y releyó el mensaje. Dudó unos instantes y luego le contestó.

Sí, ¿por qué?

Tenemos asuntos que tratar tarde o temprano. He pensado pasar lo que queda de las Navidades en un pequeño pueblo llamado Lech, en Austria. Quiero que me acompañes.

El corazón de Emily latió de alegría.

–Pero aún no se lo he dicho –le dijo a Miranda por teléfono cuando le contó sus planes de ir a ver a Alessandro.

–¿Vas a esperar a que él se dé cuenta por sí mismo?

–No lo sé, yo...

–Mira, Emily –empezó a decir su hermana con impaciencia–. Tú eres siempre la que sabe lo que hay que hacer. Estás permitiendo que las emociones no te dejen pensar con claridad.

Emily sonrió amargamente.

–Me sorprende que hayas dejado que las cosas hayan ido tan lejos –continuó Miranda–. Es un hecho que Alessandro no sido totalmente sincero contigo; pues bien, supéralo. ¿No estás haciendo tú lo mismo con él ahora? Si quieres la verdad, no estás en el camino correcto.

–Por favor, no te enfades conmigo. Sabes que yo lo he perdonado.

Miranda suspiró profundamente a través del teléfono.

–Yo no estoy enfadada contigo, Emily. Simplemente estoy preocupada por Alessandro y por ti. Por favor, dime que irás.

–No puedo aparecer en mi estado.

–No, no puedes –afirmó Miranda–, entonces, quizá yo...

–¡No! Ni se te ocurra decirle una palabra –le avisó Emily–. Esto es algo que tengo que resolver yo sola.

–¿Me lo prometes?

–¿Alguna vez te he defraudado? Te prometo que no te defraudaré, Miranda.

Después de haber hecho algunas averiguaciones, Emily supo por qué Alessandro había escogido Lech para sus vacaciones de invierno. Era un popular destino entre las familias reales europeas, un príncipe más no destacaría entre tanta gente famosa.

No le llevaría mucho tiempo hacer la maleta y reservar un vuelo...

Se giró sorprendida cuando sonó el timbre de la puerta. No estaba esperando a nadie, acababa de llegar de la última reunión con sus clientes. Se acercó a la puerta y la abrió.

–¡Alessandro! ¿Qué...?

–¿Puedo pasar?

–Sí, por supuesto, pero... –ella lo miró atónita mientras él cruzaba el apartamento hasta el ventanal del salón, donde se detuvo y se dio la vuelta.

–Es un lugar muy bonito –dijo él mirando alrededor del apartamento.

–Gracias –contestó ella apoyándose contra la pared. Su corazón se había disparado y necesitaba un minuto para sobreponerse.

Alessandro llevaba puesta una gabardina gris que dejaba entrever un jersey de pico negro y unos pantalones del mismo color que llevaba puestos.

–No lo entiendo, acabo de mandarte un mail...

–¿Y pensabas que estaba en Ferara?

Ella se dio cuenta de que él estaba intentando no sonreír.

–Bueno, sí.

–Pues estaba en la habitación de mi hotel, justo en la esquina –le explicó él–. ¿Qué te parece lo de Lech? ¿Has hecho ya la maleta?

–No he comprado ningún billete todavía.

–¿Billete?

–¿Has venido a buscarme? –preguntó ella dudosa. Probablemente Alessandro quisiera utilizar su jet privado.

–Me parece que sí –asintió él.

–¿Puedes darme media hora? Deja que te tome esto –le dijo indicándole que se quitara la gabardina–. ¿Puedo ofrecerte algo mientras esperas? ¿Algo de beber?

–Simplemente prepárate, yo esperaré aquí.

–Está bien, espera aquí –sugirió ella abriendo las ventanas de la terraza–. Hay unas vistas estupendas desde aquí y...

Cuando Emily pasó por su lado, él la agarró del brazo. Apretándola fuertemente contra él, la besó de tal manera que a ella se le quedó la mente en blanco. Aunque ella se dejó besar, Alessandro la separó de su lado suave, pero firmemente.

–Ve –le susurró él–. Se nos está haciendo tarde.

Alessandro la condujo hasta un lujoso vestíbulo decorado con un estilo típicamente austriaco. Él se acercó hasta el mostrador de recepción y se encargó de las formalidades típicas de los hoteles.

–Cuando lleguemos a nuestra habitación, te sugiero que te des un baño –le dijo él mientras se acercaban al ascensor–. Ya es muy tarde para alquilarte unos esquís y los míos ya están aquí.

Aconsejo que nos lo tomemos con calma, que cenemos, que charlemos...

¿Charlar? Emily sonrió y asintió con la cabeza, pero su interior estaba explotando. Ya no había escapatoria, era el momento de la verdad; al menos, le estaba dando tiempo para prepararse.

En el momento en que ella entró en el ascensor, Alessandro le pasó la mano por la cintura. Su contacto era electrizante y ella solamente podía pensar en lo mucho que lo deseaba.

–¿Vamos a cenar abajo o en nuestra habitación? –preguntó ella mientras apretaba el botón de su piso.

–¿Por qué, princesa? –murmuró él suavemente, deslizando las manos hasta llegar a sus muslos– ¿Estás intentando seducirme? –añadió mientras el ascensor empezaba a moverse.

Resistiéndose a la tentación de apoyarse contra él, Emily emitió un claro sonido de negativa. Él intentó acercarse más a ella, pero Emily lo miró advirtiéndolo con los ojos.

–Tenemos que discutir muchas cosas –finalmente dijo ella.

Por supuesto –acordó él moviendo la cabeza.

Ella podía ver el deseo brillar en sus ojos y se sintió aliviada cuando el ascensor se detuvo. El ambiente en aquel lugar cerrado se había llenado de tensión sexual.

–Me temo que tendremos que compartirla; solamente he conseguido una suite porque...

–¿Es Navidad? –terminó de decir ella.

Alessandro sonrió sensualmente.

–Como aún tenemos muchos asuntos que discutir, espero que haya más de una cama en la suite –añadió Emily.

–¿No te acabo de decir que tendremos que compartirla?

–La suite, has dicho que tendremos que compartir la suite. No has dicho nada de compartir ninguna cama.

–¿Por qué no podemos compartir una cama? Después de todo somos marido y mujer.

–Espero que por tu bien, el sofá sea cómodo –dijo ella confiando en que la voz no la traicionase; mientras, Alessandro se dispuso a abrir la puerta con la llave.

Tal y como ella se temía, delante de ellos se abrió una inmensa habitación con una sola cama de matrimonio al fondo. Emily tomó una de sus bolsas.

–Te veo después de mi baño, Alessandro.

–Quizá deba advertirte que estas puertas no tienen pestillo.

–Estoy segura de que te vas a comportar como un caballero.

Sus rostros estaban tan cerca que ella podría haberlo besado.

Una vez a solas, en la privacidad de aquel baño revestido de mármol, Emily suspiró profunda y largamente. Cada hora que pasaba se hacía más difícil decirle a Alessandro lo del bebé. Se miró furiosa en el espejo. ¿Desde cuándo era así de cobarde? Si no se lo decía aquella noche, sería mejor que tomara el primer avión de vuelta a Londres.

La cena se la sirvieron en una mesa del acogedor restaurante que tenía el hotel.

–Nunca había probado un pastel de chocolate tan rico en mi vida –se forzó a decir Emily con fingido entusiasmo–. Si me quedara mucho tiempo aquí engordaría varios kilos.

–De todas formas, has engordado un poco –comentó Alessandro. Para él, Emily tenía el aspecto de una fruta lujuriosa preparada para ser comida–. Y creo que esos kilos de más te sientan muy bien.

Emily permaneció callada. No había notado todavía ningún cambio en su cuerpo

–¿Has terminado? –preguntó Alessandro acomodándose en su silla–. He pensado que nos pueden subir el café para que así podamos hablar tranquilamente.

–Me parece bien –contestó rápidamente Emily. Quería decírselo ya y aquélla era la ocasión perfecta.

Emily se introdujo en el ascensor.

–¿Vamos? –dijo ella.

–Vamos.

Cuando Alessandro la tomó por la cintura, ella no pudo resistirse. Pasó los brazos por detrás de su cabeza y se acercó a él emitiendo un ligero gemido de deseo. Abrió la boca mientras lo besaba suplicando que la poseyera.

Los besos de Alessandro no eran suficientes para Emily. Ella deslizó sus manos hasta la hebilla de su pantalón y él la arrinconó en una de las esquinas del ascensor mientras estiraba el brazo para detener el ascensor quedándose atrapados entre dos pisos.

Luego con una mano Alessandro le levantó la falda y con la otra se deshizo de la pequeña braguita de encaje que ella llevaba puesta.

Levantándola ligeramente, ella rodeó su cintura con las piernas y Alessandro la sujetó por las nalgas: sus deseos fueron en aumento. La penetró en un solo movimiento y no se detuvo hasta que el calor del cuerpo de Emily lo envolvió completamente. Obedeciendo a las demandas de ella, Alessandro aumentó el ritmo de sus movimientos, haciéndolos cada vez más rápidos, hasta que soltó un largo y placentero grito mientras violentos espasmos se apoderaban de ambos cuerpos.

–Y esto es solamente el aperitivo –murmuró él hundiendo la cara entre la melena de Emily–. Vistámonos –añadió sin aliento–. No sería buena idea que vieran a la princesa de Ferara sin braguitas.

Emily no se había imaginado que discutirían así sus problemas, pero había sido imposible resistirse a sus encantos. A su lado se sentía feliz, segura y deseada.

Llegaron a su piso justo cuando terminaron de arreglarse la ropa, y cuando entraron en su lujosa suite, él con una mano cerró la puerta y con la otra volvió a agarrar a Emily.

–¿Te apetece en la cama ahora? –preguntó él con la voz ronca.

–En la cama, en el ascensor... –suspiró Emily de forma seductora contra sus labios–, me da igual, mi amor.

Pero, de pronto, ella se acordó de lo que tenía que decirle.

–Mejor nos tomaremos un café –añadió Emily intentando recomponerse.

–¿Segura?

–No. Sí, yo...

–Entonces, café –dijo Alessandro como si nada. Se acercó a la bandeja y sirvió las tazas.

¿Cómo iba a empezar?, pensó Emily mientras le daba un sorbo al café.

–Entonces, ¿qué quieres hacer con este tema del bebé? ¿Sobre el contrato? Supongo que querrás hablar de ello.

Emily se dejó caer sobre un pequeño sillón de cuero. Estaba callada, mirando fijamente el fuego en la chimenea encendida. El tema del bebé consistía en un pequeño ser que crecía en su interior a diario.

Capítulo 11

LO QUE había dicho Alessandro sobre el tema del bebé no hubiera ofendido tanto a Emily si no hubiera estado embarazada. Estaba segura de que lo había dicho de forma inocente, pero las hormonas que deambulaban por su cuerpo tendían a exagerarlo todo.

–Bueno, si no vas a decir nada –dijo él sacándola de sus pensamientos–, no sé qué más puedo decir –añadió agitando las manos con frustración y acercándose hasta la ventana.

Emily se dio cuenta de que el ambiente se estaba poniendo tenso, pero era incapaz de hablar.

–Alessandro... –consiguió decir finalmente.

Él se dio la vuelta y se la quedó mirando fijamente.

–No te enfades –añadió ella suavemente–. Realmente necesito estar contigo esta noche.

–Por supuesto –contestó amablemente tomándola de las manos y abrazándola.

Alessandro la estuvo abrazando toda la noche. No dijo nada cuando ella salió con el pijama puesto del baño. Tampoco dijo nada cuando Emily se subió a la gigantesca cama de matrimonio con dosel. Simplemente se acostó a su lado y apagó la luz.

Cuando él se despertó temprano por la mañana, se la encontró de pie, mirando por la ventana.

–Alessandro –dijo ella dándose la vuelta al notar que él se había despertado–, creo que está nevando.

Él se levantó y se acercó a ella.

–Hoy nadie podrá salir de Lech –murmuró él–. ¿Tienes hambre?

–Un poco –admitió ella, intentando ignorar el hecho de que su marido estaba casi desnudo; solamente llevaba puesto unos calzoncillos, a escasos centímetros de ella.

–Llamaré al servicio de habitaciones. Hoy también nos lo tomaremos con calma, no podemos ir a ningún sitio.

El hecho de que hubieran pasado toda la noche en la misma cama y que él no hubiera intentado hacer el amor con ella, preocupaba a Emily. ¿Seguiría enfadado con ella? ¿Habría dejado de quererla?

–¿Cuánto tiempo crees que tendremos que estar aquí? –preguntó ella intentando aclarar su mente.

Pero él estaba al teléfono e hizo un gesto con la mano para que ella hablara en voz baja.

–Ya está –dijo él cuando colgó el auricular–. Tranquila, Emily. No hay nada que podamos hacer. Relajémonos y disfrutemos de las vacaciones. ¿Por qué no paras de dar vueltas y te das otro baño mientras llega el desayuno?

¿Querría poner distancia entre ellos?, se preguntó Emily asustada. Sentía que una tormenta de emociones se estaba apoderando de ella.

–¿Cuánto tiempo? –insistió ella de nuevo.

–¿El desayuno?

–No, el desayuno no. Ya sabes a qué me refiero, Alessandro.

–¿Lo sé, Emily? –exclamó él–. Te has levantado muy susceptible esta mañana. ¿Es algo que haya dicho o hecho?

La cara de Emily se encendió como una llama.

–Parece que te ha entrado una prisa loca por marcharte de Lech –insistió él–. ¿Tienes alguna cita importante esperándote?

–No, por supuesto que no. He venido aquí para estar contigo.

–Bueno, contestando a tu pregunta –empezó a decir él con frialdad–, aquéllos que tengan que irse hoy de aquí, lo podrán hacer acompañados de un guía local. Los que no tienen tanta prisa en volver a la realidad, se podrán quedar aquí hasta que despejen la carretera principal.

–Ya...

–¿En qué categoría te encuentras tú, Emily?

–Yo me quedo –dijo ella sin dudar ni un momento.

–Y, ¿qué haremos?

Parecía que Alessandro se estaba empezando a enfadar.

–No lo sé –contestó ella intentando acercarse un poco más a él–. ¿Contarnos historias el uno al otro?

Alessandro entrecerró los ojos y luego, para el alivio de Emily, sonrió abiertamente.

–¿Como por ejemplo?

–Qué te parece ésa que nunca terminaste, ésa sobre este anillo –sugirió ella mostrándole la pieza de joyería antigua e impresionante que él le había regalado.

Ella se sentó en el sofá y él lo hizo a sus pies, sobre la alfombra.

–Nos quedamos en el momento en que Caterina encontró el anillo y creyó que era una señal de Rodrigo.

–Está bien –dijo Alessandro poniéndose cómodo–. Entonces Caterina tuvo que admitir que su amado se había ahogado. Finalmente, pensó que no se encerraría en un convento para el resto de su vida. Decidió vivir la vida como a Rodrigo le habría gustado que ella lo hubiera hecho.

–¿Cómo podía saber ella lo que él quería?

–Porque se dio cuenta de que estaba embarazada de su hijo.

Los ojos de Emily brillaron con intensidad.

–Caterina se puso el anillo de Rodrigo en el dedo y volvió a Ferara para cumplir su destino. Todas las princesas de Ferara han llevado puesto desde aquel día el anillo que ahora tienes en el dedo.

–Es la historia más romántica que he oído en toda mi vida –admitió Emily. Era el momento de contar su propia historia.

–¿Emily¿ ¿Adónde vas?

–A darme ese baño que antes me has sugerido.

–No te vas a escabullir tan fácilmente para no contarme tu historia –la avisó Alessandro–. Ahora te toca a ti.

Emily puso un CD en el equipo de música y sacó de su bolso el libro de poesía que Alessandro le había regalado.

–¿Qué estás haciendo?

–Nada.

–¿Y esta música?

Ella se encogió de hombros.

–Es el primer disco de Miranda como solista.

–Es estupendo –murmuró Alessandro.

–Miranda quería que tú tuvieses una copia –dijo acercándole la carátula.

Alessandro la besó en la mano cuando se acercó.

–Ve y date ese baño, pero no tardes.

El mensaje de sus ojos era irresistible e inconfundible. El corazón de Emily latía con fuerza. Todo iba a salir bien.

–¿De verdad tengo que contarte una historia? –se quejó Emily después de su baño mientras se sentaba junto al fuego.

–Si no quieres jugar, tienes que pagar una multa.

A Alessandro le brillaban los ojos con picardía.

–¿Una multa?

–Claro –murmuró él seductor–, y seré yo quien la elija.

Emily notó un cosquilleo por la espalda cuando él se acercó y la abrazó. La miraba con pasión y con amor.

Se tumbaron sobre la alfombra, frente al fuego. Ella se perdió en el momento en que los labios de Alessandro tocaron su cuerpo y cuando aquella lengua empezó a acariciar sus pezones no hubo forma de detenerse.

Con cuidado, Alessandro le quitó los vaqueros y las braguitas, dejándola desnuda. Ella se estremeció contra él de forma insinuante, mientras él la mordisqueaba por todo el cuerpo acercándose cada vez más a la parte interna de sus muslos.

No había nada de malo en dejar que tu marido te hiciera el amor, pero el hecho de estar embarazada de cuatro meses y no habérselo dicho, hizo que Emily se apartara mientras él empezaba a besarla en su parte más íntima.

–¿Emily? –dijo él–. Sabes distinta.

Ella se quedó tan paralizada por aquel comentario que necesitó unos momentos para poder hablar.

–¿Diferente? –murmuró ella.

–Has oído perfectamente lo que he dicho.

El cambio en la voz de Alessandro la asustó. Se incorporó, se sentó sobre el suelo y se tapó con su ropa.

–¿Qué quieres decir con diferente? –se hizo un silencio–. Nunca debí haber venido –añadió ella cuando él no contestaba nada.

–Creo que me debes una explicación, Emily.

–¿Por qué? –dijo ella asustada.

–Creo que lo sabes muy bien. ¿De cuántos meses estás embarazada? ¿Por qué no me lo dijiste en el momento en que te diste cuenta?

Emily quería desaparecer de allí, que se la tragase la tierra. Aquello había sido lo último que ella había querido.

–¿Cuándo tenías pensado decírmelo? –insistió él.

–¡Basta! –gritó ella tapándose las orejas con las manos–. Deja de hacerme preguntas, Alessandro, no puedo pensar.

–Menudo numerito que me habías montado –dijo él con desdén.

–¿Numerito?

–Música, poesía... hubiera preferido honestidad, ¿por qué no has confiado en mí?

Se hizo un grave silencio entre ellos.

–Todo ha sido culpa mía –siguió él diciendo–. Esa maldita cláusula, tenía que habértelo contado...

–¡Ya está bien! –exclamó ella–. También ha sido culpa mía, Alessandro –insistió Emily desesperada–, pero tenía tanto miedo...

–¿Miedo? –estaba atónito–. No puedo soportar esto –añadió pasándose la mano por el pelo–. No puedo soportar lo que ha pasado entre nosotros –dijo sacudiendo la cabeza–, pero lo peor de todo es que tuvieras miedo de mí.

–Nunca he tenido miedo de ti –admitió ella suavemente–. Tenía miedo de perderte, miedo sobre el futuro de nuestro hijo una vez que nuestro contrato terminase.

–¡Contrato! –exclamó disgustado apartando la mirada.

–Los dos nos metimos en esto de buena fe –apuntó Emily–. No nos podíamos imaginar que los sentimientos se fueran a interponer en nuestros negocios.

–¿No me vas a perdonar nunca? –preguntó él mirándola como si su vida dependiera de su respuesta.

–Fácilmente –contestó ella tomándolo del

brazo–. Los dos hemos cometidos muchos errores. Nunca debería haberte abandonado, pero no podía pensar con claridad.

Alessandro sonrió mientras la miraba.

–Estoy totalmente superado ante la idea de tener un bebé –dijo antes de besarla.

–¿Estás seguro de que lo que realmente quieres es seguir con este matrimonio? Debe de haber muchas mujeres de sangre noble encantadas de gobernar Ferara a tu lado.

–¿Qué quieres decir? Ninguna es como tú –le contestó volviéndola a besar.

Cuando Alessandro le dijo que tenía que arreglarse para la cena, Emily no pudo negarse.

–¿Ya estás lista? –preguntó él–. Tenemos que salir a la terraza.

–¿A la terraza?

–Ponte algo encima; toma, ponte esto.

Antes de que ella pudiera decir nada, Alessandro la había arropado con su propia chaqueta.

–¿Por qué tenemos que salir a la terraza con el frío que hace?

–Deja de hacer preguntas y sal que nos vamos a perder todo.

Desde la terraza se podían ver todas las montañas. De pronto, Emily notó que alguien se había unido a ellos. Se giró extrañada para ver qué estaba pasando.

–¿Papá, mamá? –gritó cuando los vio, abrazándolos y besándolos.

–Feliz Navidad, cariño. Mira, está a punto de empezar –le susurró Alessandro en el oído a Emily.

–¿El qué?

Se hizo un grave silencio y una suave melodía empezó a llenar el ambiente.

–¡Miranda! –exclamó Emily.

De pronto vio cómo los profesores de esquí bajaban las pistas con antorchas encendidas. El espectáculo era impresionante mientras el violín de Miranda resonaba por los altavoces de la estación.

–Es el mejor regalo de Navidad que he tenido nunca –murmuró ella.

Después del juego de las antorchas, Miranda se reunió con ellos en la terraza y el cielo empezó a inundarse de fuegos artificiales.

–Feliz Navidad, *belissima*.

–Feliz Navidad, Alessandro.

Era imposible ser más feliz, pensó Emily la mañana de Navidad.

–Otro regalo de Navidad –le dijo Alessandro incorporándose en la cama–, y esta vez es para los dos –añadió enseñándole lo que parecía un documento oficial.

–¿Qué es?

–Algo que debería haber hecho hace meses. Esto es lo que pienso sobre nuestro contrato –dijo rompiendo aquel papel por la mitad–. Ya nunca podrá interponerse en nuestro camino –añadió abrazándola cariñosamente–. Te quiero, Emily. Mi esposa, mi único amor y la madre de mi hijo. De mis hijos –corrigió con una amplia sonrisa.

–Yo también te quiero, Alessandro. Con todo mi corazón.

–Entonces –murmuró él–, ¿vivirás conmigo, Emily?

–Sí, lo haré –susurró ella poniéndole la mano sobre su vientre para que sintiera los primeros movimientos del bebé.

BIANCA®

Su herencia era un marido italiano

Julia había volado a Chile, desesperada por ver si su reciente herencia le daría el dinero que necesitaba para los cuidados médicos de su madre. Pero según el testamento debía casarse con el apuesto italiano Randolfo Carducci antes de reclamar nada.

Rand se sintió inmediatamente atraído hacia aquella novia heredada, pero ¿sería Julia una cazafortunas? Por el modo en que pedía dinero parecía serlo. Él podría darle todo el que quisiera... pero con sus propias condiciones. No la quería como esposa, sino como amante...

NOVIA POR HERENCIA

Jacqueline Baird

¡YA EN TU PUNTO DE VENTA!